儒林外史

最精采的諷刺小說

改寫‖管家琪

原著‖吳敬梓

繪圖‖林傳宗

中國經典大家讀

【推薦序】

林文寶
（台東大學人文學院院長）

「黃河的源頭」、「盤古開天」和「后羿射日」等，是與大自然有關的故事；「一年三節和元宵節」的由來，則是跟節日相關的故事；「清廉公正的包拯」、「公而忘私的大禹」和「神醫李時珍」等，都是歷史上知名的人物；「七兄弟」、「臘八粥」、「等請客」和「金華火腿」等，則與市井小民的生活息息相關。這樣的故事很多，有的於史有據，有的則屬稗官野史，有的是民間傳說，不論如何，都充滿趣味，且蘊含許多先民的人生智慧，是值得好好閱讀的敘事故事。

這些過去記載在古籍裡的事蹟，常常掛在人們嘴上的故事，它是我們生活中共同的記憶，在全球化日漸普及的日子，曾幾何時，似乎已在慢慢的淡出我們的生活，一群人在榕樹下圍坐著老者聽故事的情景不再，電視上時常播出的古典名劇，例如《包公傳奇》，也多日不見。取而代之的是，外來文化的進入，新一代盲目的崇拜，造成強勁的「哈日風」吹起，波波的「韓流」來襲，西方文化更早影響了我們的生活，讓幾代以來的人忘了原有的東西。我們的生活因而充滿外來的話語或者術語，讓人人似乎都得了失語症，原來的那些共同記憶不見了。

在全球化的潮流裡，外來文化的進入，實難以避免，也不可能阻擋，然而這並非說，我們只能消極的接受、盲目的迎合，而是可以有所選擇，採取截長補短的態度，讓我們的文化得以發揚和傳承。

這可以經由鼓勵閱讀來逐步恢復，而且要從小做起。

其實，閱讀的活動早在我們的社會中推行許久，只是閱讀有各種不同的目的：或為考試，或為充實自己，或為文化傳承：在功利主義的作祟下，有為了充實自己而閱讀，其理由當然可喜，偏偏許多是為了考試，從小養成，進而造成了許多偏差的觀念，上述的崇拜因此形成，傳承文化的目的當然就被拋之腦後了。

若為了傳承文化的目的，找回我們的共同記憶，書目的決定可是非常的重要。儘管可以閱讀的書籍很多，蘊含許多趣味和人生智慧的敘事故事，卻是非讀不可的對象，因為它們具有永恆性和民族性，能夠經歷千年百年的考驗和焠煉，是絕對不可割捨的文化基因和先民智慧。在我們傳統的敘事故事裡，不論是口傳、短篇或者長篇的，就有許多這樣的敘事智慧，有些已經成為某種典故，例如「等請客」的故事，乃來自「三叔公躺在棺材裡，等請客」這句話，意在諷刺那些動不動就等著別人請客的人。

我國向來重視人文教育，它是我國歷來教育的特質。這是一種人文的修養，講究做人的道理與方法：懂得如何做人，才是最高的知識；學如何做人才是最大學問，尤其在外風進入時更需要深化。為了讓國小高年級以上的學生能閱讀這些敘事智慧，幼獅文化公司改寫了這些傳統文學，編輯成這一套「典藏文學」系列，計有十八本。內容特別強調故事性，都是最有名的故事片段；讀者透過簡潔扼要的文字內容，不只能提升閱讀文學的樂趣，還能在這些傳統文學裡浸泡，熟悉和了解這些故事的內涵，更能夠吸收到裡頭的精華，進而體悟到其中的人生智慧和哲理，於是乎所謂的文化傳承或者共同記憶，因此產生。

經典文學離我們並不遠

【總序】＝管家琪

中文是聯合國所定的五種官方語言之一，「漢語熱（也就是中文熱）」更已是一種全球性的熱潮。照理說我們都很幸運，生來就能掌握這麼重要、這麼美的一種文學。但是，所謂「掌握」，也僅僅是「會」的意思，可不一定保證就一定能學得好。想要學好中文，一定得大量的閱讀。

任何一種文字，任何一種語言，都不會只是一種單純的工具，它們所代表的是背後的文化，只有了解和熟悉了文化，才可能真正學得好。在這種情況之下，課外閱讀的重要性自然不言可喻。特別是對於經

典文學的閱讀。

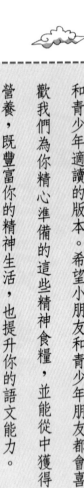

經典文學不但是語文的基礎，也是精神文明的基礎。經典文學離我們並不遠，它們就存在於我們的生活之中。譬如我們現在所經常使用的成語和俗語，必定有一個典故，這些典故就都是在經典文學裡。我們可以非常肯定的說，只要是在中文的環境，經典文學將永不消失，只會歷久彌新。

「中國故事寶盒」（一共十二冊）自二〇〇三年九月出版以來，受到很好的回響，還有大陸簡體字版、馬來西亞版以及香港版等不同的版本，此番我們沿續廣受歡迎的「強調故事性」的風格，又挑選了六本同樣是故事性很強、又特別精采的中國古典文學，改寫成小朋友和青少年適讀的版本。希望小朋友和青少年朋友都會喜歡我們為你精心準備的這些精神食糧，並能從中獲得營養，既豐富你的精神生活，也提升你的語文能力。

目錄

【推薦序】中國經典大家讀＝林文寶　二

【總序】經典文學離我們並不遠＝管家琪　七

【前言】最精采的諷刺小說＝管家琪　一一

◎楔子◎王冕的故事　一四

◎范進的故事　二八

◎婁家兩公子的故事　四三

◎馬二先生的故事　五九

◎匡超人的故事　七四

九四 ◎鮑文卿的故事
一一○ ◎杜慎卿和杜少卿的故事
一二九 ◎虞育德的故事
一四○ ◎莊紹光的故事
一五二 ◎沈瓊枝的故事
一五九 ◎王玉輝的故事
一六六 ◎四位奇人的故事

最精采的諷刺小說

【前言】

管家琪

《儒林外史》是一部反映知識分子生活的長篇小說，也是一部知識分子的生活史。作者從元末明初開始寫起，一直寫到萬曆年間，前後歷時兩百多年，可以說幾乎反映了整整一個朝代的知識分子的生活，這在中國小說史上是相當少見的。

魯迅先生曾經在《中國小說史略》一書中表示，自從有了《儒林外史》，中國才開始有了所謂的諷刺小

說。確實，作者吳敬梓用諷刺、辛辣有時又不失幽默的筆法，描寫了各式各樣、不同類型的知識分子。由於醉心八股舉業，希望藉此光宗耀祖，飛黃騰達，他們有的生活困苦，甚至不得不賣兒賣女，如倪廷璽的父親；有的周游四方，以至客死他鄉，如牛布衣；有的故作放達，假充名士，如權勿用等等。而王冕、虞育德以及書末所謂的「四位奇人」等等，則無疑是作者心目中理想的知識分子的典型。特別是「四位奇人」，表面上看來雖然都只是市井小民，作者卻都賦予他們讀書人的性格，寓意深遠。

《儒林外史》雖然假託明朝，實際上是反映清朝康乾時期的知識分子的命運。這當然是與作者吳敬梓個人真實的生活經驗有非常密切的關係。

吳敬梓出生於清康熙四十年，卒於乾隆十九年，歷經康熙、雍正、乾隆三朝，存年五十四歲。在康熙盛世中，社會安定，而朝廷對待知識分子的策略則是懷柔與鎮壓相互結合，一方面用科舉籠絡士人，一方面又大興文字獄來迫害知識分子。正由於社會上充滿了許多矛盾的現象，無形中也就提供吳敬梓一個絕佳的創作題材。更何況吳敬梓本人科舉不順，又遭到家產被奪、愛妻病故等一連串的重大打擊，對於人生、對於知識分子的定位，都有著深刻的體會，這些體會，日後自然都融入了《儒林外史》這一部傑作之中。

楔子

王冕的故事

元朝末年，曾經出了一個光明磊落的人。

這個人的名字叫作王冕，住在浙江省諸暨縣一個小鄉村。

在他七歲的時候，父親就去世了，母親靠著做一些針線活，辛辛苦苦供他到村子裡的學堂去讀書。讀了三年，王冕已經十歲了。這天，母親把他喚到面前，對他說：「兒啊，不是我有心要耽誤你，只是娘沒有能力，實在供應不起你讀書了，只好讓你去替人家放牛吧，這樣你就有現成的飯吃，

每月還可以得幾錢銀子。」

王冕小小年紀，但已經很能體會母親的難處，非常恭順的說：「娘說得是。我在學堂裡坐著，心裡也悶，不如去放牛吧，倒還快活些；如果我要讀書，還是可以帶幾本書去讀的。」

母子倆就這麼說定了。第二天，母親就帶他到附近一位秦老家。秦老留他們吃了早飯，然後牽出一條水牛交給王冕，指著門外說：「就在前面大約走兩、三百步的地方，有一個湖，湖邊一帶綠草很多，還有幾十棵垂楊樹，非常陰涼，很多人家的牛都在那兒，牛若是渴了，就在湖邊上喝水。小哥，你只要在這一帶待著，不要跑遠，我每天保證供應你兩頓，每天早上還會給你兩個錢，讓你買點心吃。總之，我絕不會虧待你，也希望你凡事勤快些，不要偷懶。」

母親待了一會兒，向秦老說聲「打擾了」之後就要走了。王冕送母親出來。母親一邊替他理理衣服，一邊叮嚀：「你在這裡一定要勤快，而且處處多加小心，別招惹人家批評。」

王冕點點頭，「我知道，娘放心吧。」

母親就含著淚，依依不捨的離開了。

從此，王冕每天早出晚歸，一大清早就到秦家去放牛，直到黃昏才回家。碰到秦家煮些醃魚、臘肉給他吃，他捨不得吃，總是拿塊荷葉包了帶回家給母親吃。秦老每天給他的點心錢，他也總捨不得吃掉，而是都存起來，再去買舊書。每天放牛的時候，稍一有空，王冕就坐在柳蔭樹下靜靜的看書。

轉眼過了三、四年。王冕天天讀書，心裡著實明白了很多道理。這一天，正值黃梅季節，空氣很悶，王冕放牛累了，依然坐在草地上看書。忽然，

濃雲密布，不一會兒，大雨傾盆，等到大雨過後，王冕望著美麗的湖光山色，特別是湖中十來枝荷花，花朵十分清新，荷葉上還有水珠滾來滾去，非常可愛，不由得望出了神。

過了好久，王冕心想：「古人說『人在畫中』，一點也不錯。可惜這裡沒有畫工，否則就可以把這荷花畫下來了……」

半晌，他又想道：「天下哪有什麼學不會的事？我何不自己試著畫畫看？」

從這天以後，王冕存下來的點心錢就不買書了，而是託人到城裡買了些胭脂鉛粉，自己揣摩著學習畫荷花。剛開始當然畫得不好，但是僅僅過了三個月，王冕所畫的荷花，無論色澤、形態和精神，都逼真得不得了，簡直就像是剛剛才從湖裡摘下來貼在紙上似的。村子裡有人見王冕的荷花畫得

好，也有拿錢來買的。王冕就用這些錢買些好東西來孝敬母親。漸漸的，一傳十，十傳百，諸暨縣的人幾乎都知道在一個偏僻的小鄉村，出了一個擅長畫荷花的出色畫家，都爭著來買王冕的畫。

到了王冕十七、八歲的時候，王冕也不用在秦家放牛了，每天畫畫荷花，再讀讀古人的詩文，也不用再為衣食發愁。母親的心裡非常歡喜。

王冕天資聰穎，還不到二十歲，就已經把天文、地理和經史上的大學問，統統都讀通了。但是他性情不同，既不求官爵，又不交朋友，終日閉門讀書。他很敬仰屈原，在《楚辭圖》上看到畫的屈原的衣冠，就自己照著畫上的模樣，也做了一頂高高的帽子，和一件寬大的衣服。遇到風光明媚的好時節，他就穿著這套特殊的自製衣冠，用牛車載著母親，在鄉間小路以及湖邊漫步，到處玩耍。孩子們三五成群的跟在他後面起鬨，取笑他古怪的模樣，他也毫不在意。

王冕比較有來往的只有秦老。秦老是看著他長大的，看他這麼有才氣，又如此不俗，對他十分欣賞，經常邀他在草堂裡坐著，一起閒話家常。

秦老有一個姓翟的親家，在諸暨縣官府衙門中擔任頭役，同時也兼著買辦。有一天，翟買辦來探望秦老，並傳達了一個訊息，說知縣老爺想要王冕二十四幅花卉畫來送上司。王冕本來不大樂意答應這件差事，但是拗不過秦老的情面，只好勉為其難的答應了，然後花了半個月，用心用意畫了二十四幅花卉，還都在上面題了詩。

知縣發出二十四兩銀子，要給王冕作為報酬，翟買辦扣下一半的銀子，只給了王冕十二兩，然後就把畫全部取走了。

知縣的上司接到王冕這二十四幅花卉，欣賞不已，愛不釋手。次日，設宴款待知縣，並要求知縣代為把這位傑出的畫家約來，想當面會見。知縣自然滿口答應，立刻差翟買辦去通知王冕。

知縣本來還以為，這個畫家只不過是一個鄉下農民，一定一叫就到，沒想到翟買辦專程下鄉一趟回來後，卻報告說王冕抱病在家，不能來。

知縣暗忖：「這小子怎麼會突然病了？想必是翟家這奴才下鄉去狐假虎威，把他嚇到了，他才不敢來……」

知縣非常擔心，上司既然交代他把這個畫家約來，他也滿口應諾了，如今約不到，上司一定會怪他辦事不力。

「不如我親自下鄉去請他，他看見我給他這麼大的面子，一定就肯來了……不過，我一個堂堂縣

令，居然屈尊去拜一個農民，會不會惹得衙役們笑話？」知縣又有些顧慮；可是日前聽上司的口氣，對這個會畫花卉的農民好像十分敬重，既然上司敬他十分，自己就該敬他一百分！況且「屈尊敬賢」，將來地方志上少不得會有一番記載，也是美事一樁哩。

知縣想得喜孜孜的，當下就打定了主意。

第二天一早，知縣傳齊轎夫，也不用全副儀仗，只帶了八個紅黑帽夜役軍牢，由翟買辦扶著轎子，一路下鄉。鄉裡百姓聽見陣陣鑼響，都覺得很稀奇，一個個扶老攜幼都挨過來看熱鬧。

沒想到，王冕居然不在家！原來他事先刻意避開了。

知縣十分惱怒，本想立刻差人把王冕抓來問罪，可是又擔心上司會責備他太過魯莽和暴躁，只

有暫時先忍下這口氣，打算等慢慢向上司說明此人不識抬舉之後，再來處置這傢伙也不遲。

知縣離去後不久，王冕就出現了。其實他並沒有走遠。

秦老過來埋怨他：「你方才實在也是太固執了，人家好歹也是一縣之主，你怎麼就這樣怠慢？」

王冕說：「老爹，請坐！我跟你說，那知縣平日在鄉裡仗勢欺人，酷虐小民，無所不為，這樣的人，我為什麼要與他來往？不過，他這一回去，我恐怕就會有麻煩，還是到外地去避一避吧……只是，母親在家，我也放心不下……」

母親連忙安慰他，並支持他道：「兒啊，你歷年來賣詩賣畫，我也積聚下三、五十兩銀子了，生活是不成問題的，你就放心的出去避一些時候吧！」

秦老想想也說：「也好，何況你埋沒在這個窮

鄉僻壤，雖然有才學，可是誰認得你、賞識你？你到大地方去走走，也許能碰到一番好的機遇也說不定。家裡的事情，特別是你母親，我會幫忙照應的，你放心吧！」

次日五更，王冕收拾了簡單的行李，拜辭了母親，又拜了拜秦老，就悄悄離開了從小生長的小鄉村。

他一路餐風露宿，辛辛苦苦來到了山東濟南府，在那兒過了半年，仍是以賣畫為生，後來因為看到天下逐漸動蕩不安，思念母親，遂收拾好東西，仍舊回家。

進入浙江之後，經過打聽，王冕得知那位知縣升任到他處，他的上司也已經還朝了，終於可以放心回家。拜見母親，看見母親健康如常，心裡自然是有說不出的歡喜。母親告訴他，當他不在家的時

候，秦老是如何盡心盡意的照顧她，王冕慌忙打開行李，拿出一些禮物過去拜謝秦老。

從此，王冕依舊吟詩作畫，奉養母親，和母親在一起過了六年平靜的日子。

六年之後，母親老病臥床，王冕到處延醫為母親治病，但母親病情仍持續惡化，沒有好轉。

有一天，母親把王冕叫到面前，吩咐他道：「我眼看是不行了，有幾句話一定要告訴你。這幾年來，很多人都告訴我，你很有學問，說我應該勸你出去做官，因為做官是一件光宗耀祖的事；可是我看很多做官的都不見得有什麼好下場，況且你的性情高傲，倘若弄出禍來，反而不美，因此我希望你遵照我的遺言，將來娶妻生子，守著我的墳墓，不要出去做官，這樣我在九泉之下也可以安心。」

王冕哭著都答應了下來，不久，母親就過世

了。

王冕為母親守孝三年。在他服喪期滿，除孝之後一年多，天下就大亂了——方國珍據了浙江，張士誠據了蘇州，陳友諒據了湖廣，都是些趁火打劫的草莽英雄，只有太祖皇帝（即朱元璋）起兵滁陽，得了金陵，立為吳王，是真正的王者之師。

稍後，吳王帶兵破了方國珍，號令整個浙江，但是並沒有驚擾到百姓。這天中午，王冕剛從母親墳上拜掃回來，發現吳王竟候在他家門口；原來吳王是聽說了王冕的賢名，特地來拜訪他，請教他如何能讓浙江的老百姓對他心服口服？

王冕回答道：「若以仁義服人，何人不服，豈止是浙江的老百姓而已！」

吳王頻頻點頭，認為很有道理。兩人繼續促膝長談，談得非常投機，一直談到日暮。後來，王冕

還到廚房烙了一斤面餅，炒了一盤韭菜，和吳王一起吃了一頓簡單的晚餐。

隔天秦老進城回來，問起這件事，無意炫耀的王冕只淡淡的說是過去在山東認識的一個將官，順路來這裡探望他，並沒有說是吳王。

接下來不過數年間，吳王就統一了天下，建國號為大明，年號洪武。

洪武四年，有一天，秦老又進城裡，回來時向王冕提起一個消息——禮部議定了取士之法，三年一科，用五經、四書和八股文。

「這個法定得不好，」王冕說：「將來讀書人既然有這麼一個飛黃騰達之路，那其他的品行和學業，就都不重視了。」

說著，天色晚了下來。這時正是初夏，氣候剛開始轉熱，秦老在打麥場上放下一張桌子，與王冕對飲。過了一會兒，月亮高掛天空，把大地照耀得如同白晝。四周一片寂靜。王冕仰望天際，忽然左手持杯，右手指著天上的星星，對秦老說：「你看，『貫索』犯『文昌』……」

（「貫索」和「文昌」都是天上的星宿，前者象徵牢獄，後者則象徵文運；「貫索犯文昌」的意思是說，象徵牢獄的貫索星侵犯了主持文運的文昌星。）

「唉，」王冕深深的嘆息道：「一代文人將有大災難了啊……」

范進的故事

有一位廣東學道，名叫周進，苦讀了幾十年的書，好不容易才總算出人頭地。這一年，他在前往廣州上任之前，雖然也請了幾個幫忙看文章的相公，但仍發自肺腑的想著：「我在這裡面吃了這麼久的苦，如今當權了，一定要把每一份卷子都細細看過，不能只聽相公的意見，以免屈了眞才。」

考試開始。先考了兩場生員。第三場是南海、番禺兩縣童生。周學道威嚴的坐在堂上，看那些童生一個一個魚貫走了進來：有的年紀很小，有的一看就知道已經有了一把年紀；有的儀表端正，有的獐頭鼠目；有的衣冠整齊，有的則衣衫襤褸，總之是各式各樣。周學道特別注意到了一個排在比較後面進來的童生，年紀老大，鬍鬚都花白了，面黃肌瘦，頭上戴著一頂破氈帽，身上的衣服也十分破舊和單薄，明顯的不能應付現在已經十二月上旬的天氣，凍得齜牙咧嘴，發著抖接過了卷子出去。

周學道看在眼裡，心裡不禁有些感慨，聯想到自己也曾經苦讀幾十年的艱辛，再低頭看看自己現在所穿的錦繡華服，又感受到一種終於苦盡甘來的欣慰和自豪。

那老童生來交卷的時候，周學道就對他特別的注意，翻一翻點名冊問道：「你就是范進？」

范進跪下，恭謹的回答道：「童生就是。」

學道又問：「你今年多大年紀了？」

范進老實的說：「童生冊上寫的是三十歲，實際上是五十四歲。」

「你考過多少回了？」

「童生二十歲應考，到今年已考過二十幾回。」

「爲什麼總是考不中？」

「想來總是因爲童生文字荒謬，所以各位大老爺都不欣賞。」

「那也未必，你先出去，你的卷子待本道仔細看看再

說。」

范進磕頭下去了。那時天色尚早，沒有別的童生交卷，周學道將范進的卷子用心看了一遍，很不以爲然，心想：「這樣的文章，都在說些什麼鬼話呀！難怪老是考不中！」

周學道將卷子隨手丟在一邊。過了一會兒，還沒有人交卷，周學道便想，何不把范進的卷子再看一遍，只要能找到一絲可取之處，就可憐可憐他，取了他吧。

周學道從頭到尾又認眞讀了一遍，感覺居然和第一遍讀完時大不相同，覺得還有些意思。稍後，周學道又讀了第三遍，不禁嘆息道：「啊，這樣了不起的文字，連我若只看一兩遍都不能理解其中的奧妙，直到讀了三遍之後，才明白原來是天地間之至文，眞可說得上是一字一珠！可見世上有多少糊塗試官，不知道屈煞了多少英才！」

周學道連忙取過筆來，細細圈點，並在卷面上加了三

圈，填了第一名。

次日，周學道在啓程返回京城之前，還特別把范進叫到跟前，鼓勵有加道：「你實在是大器晚成啊！本道看你的文字，火候已到，今年鄉試，一定成功。我回去覆命之後，就在京城等著你。」

范進連連磕頭稱謝，眼巴巴的目送周學道離去，一直望到完全望不見爲止。

范進連夜趕回家。他家離縣城還有四十五里路，只不過是一間草屋、一間破廂房，門外是一個茅草棚。正屋是母親住，他和妻子住在廂房。

范進學回家，母親和妻子自然都非常高興。正要燒鍋做飯，岳父胡屠戶來了，手裡還提著一副大腸和一瓶酒。范進急忙起身向岳父作揖。

胡屠戶一屁股坐下，自顧自的說：「唉，想來我也眞倒楣，居然把女兒嫁給你這麼一個現世寶和窮光蛋，這些

年來，不知道連累了我多少！如今不知道我積了什麼陰德，提攜你中了個相公，所以我今天帶個酒來賀你。」

范進連忙感謝岳父的好意，回頭叫妻子把大腸煮了，又燙起了酒，恭恭敬敬的陪著岳父在茅草棚下坐著，聆聽岳父的教誨。

胡屠戶說：「你現在既然中了相公，凡事都得注意規矩，免得被別人笑話。你向來就是一個沒用的爛好人，很多事我不得不教教你……」

不管胡屠戶說什麼，范進都不斷點頭稱是。

不久，范進想去參加鄉試，因爲沒有路費，就去向岳父商借，沒想到剛說完來意，就被胡屠戶一口啐在臉上，罵了一個狗血噴頭。

「你中了一個相公，就了不起啦？得意忘形啦？居然還指望要中老爺？簡直是癩蝦蟆想吃天鵝肉，癡心妄想！我聽說就連你上次中相公，也不是憑什麼眞本事，而是宗師

看你老，同情你，才施捨給你的，那些中老爺的，都是天上的文曲星，一個個都相貌不凡，就憑你這副尖嘴猴腮的德性，也不撒泡尿自己照照，你也配！」

挨了一頓臭罵，碰了一鼻子灰，范進只得匆匆辭了丈人，落荒而逃，但仍然心有不甘的想道：「自古沒有場外的舉人，如果不進去考他一考，怎能甘心？何況宗師說我火候已到，我非考不可！」

於是，他另外想盡辦法借到了微薄的路費，瞞著丈人，還是偷偷去城裡參加鄉試。考完試後，立刻趕回家。家中已斷炊了兩三天。事後被胡屠戶知道，自然又痛罵了一頓。

到了出榜那天，一大清早，母親就吩咐范進道：「兒啊，我已經餓得兩眼都看不見了，你趕快把那隻生蛋的母雞拿到市集去賣了，然後買幾升米回來煮一餐粥吃吧！」

聽了母親的話，范進慌忙抱起老母雞，匆匆走出家

門，拚命往市集趕。

然而，范進抱著老母雞在市集裡一步一踱，東張西望了老半天，也吆喝了老半天，始終找不到買主。正在茫茫然不知道該怎麼辦的時候，忽然看到一個鄰居氣喘咻咻的衝到他的面前，急呼呼的嚷嚷著：「范相公，快點回去了！你中了舉人，現在報喜人擠了一屋子呢！」

范進不信，認定鄰居是在開他玩笑，低著頭繼續往前走。

鄰居見他不理不睬，一時情急，劈手就想上來奪他的雞。

「噯，幹嘛奪我的雞？」范進說：「你又不買。」

鄰居說：「你中了舉啦，你母親叫你趕快回家去打發報子哪！」

「報子」就是「報錄人」，此時此刻，連二報、三報都到了，把范進狹小的草屋擠得滿滿的，還按照慣例簇擁著

范老太太要喜錢，范老太太根本應付不了，才趕緊拜託一個鄰居到市集來找范進。

但是，范進還是不信，苦著一張臉對鄰居說：「高鄰，你別逗我了罷！今天我們家沒米下鍋了，只等著我賣了這隻老母雞回去救命，我沒時間跟你說，你到別的地方去玩罷。」

鄰居沒有辦法，只得強行搶走老母雞，一路把范進拖回家。

還沒到家門口，就聽到鑼鼓喧天，熱鬧非凡，緊接著，報錄人紛紛大聲嚷嚷道：「好了，新貴人回來了！」

范進走進屋裡，只見中間報帖已經升掛起來，上面寫著：「捷報貴府老爺范諱進高中廣東鄉試第七名亞元。京報連登黃甲。」

意思就是說，范進中舉，而且有資格赴京參加會試、殿試。

范進看了報帖，又一個字一個字愣愣的念了一遍，笑了一下，才拍著手說：「嗯，好了！我中了！」說完，竟往後一倒，牙關咬緊，不省人事。

范老太太慌了，連忙朝兒子口中灌了幾口開水。這一招果然奏效，范進立刻張開眼睛，爬了起來，又拍著手大笑道：「好，我中了！我中了！」

他就這樣傻傻的大笑著，不由分說，就往外頭飛奔，把在場的人都嚇了一大跳！

范進跑出去沒多遠，一腳踹在水塘裡，他掙扎的爬起來，頭髮都跌散了，就這樣披頭散髮，還渾身溼漉漉、髒兮兮的使勁往市集那兒衝，大家根本拉不住他。

眾人面面相覷，恍然大悟道：「原來新貴人是喜瘋了！」

范進的母親和妻子都哭了起來，紛紛叫苦道：「我怎麼這麼命苦啊！好不容易盼著他中了一個什麼舉人，他卻

偏偏瘋了！」

鄰居們一方面好心的安慰，一方面也七嘴八舌很快的商議出一個辦法——范進平日最怕他的岳父胡屠戶，這個時候如果胡屠戶上前去打他一個嘴巴，唬他一下，說他根本沒有中舉，范進吃這一驚，一定馬上就清醒了。

胡屠戶此時正領著一個小工，提著七、八斤肉，和四、五千錢，急急忙忙趕來賀喜，不料在半路就被范進的幾個鄰居攔了下來，要求他去執行這個特殊的任務。

胡屠戶爲難道：「我聽人說，凡是中老爺的，都是文曲星下凡，天上的星宿是打不得的，否則將來就要被閻王爺抓去打一百鐵棍，我可不敢做這樣的事！」

一個鄰居說：「算了吧，胡老爹，你每天殺豬，將來少不得要挨幾千條鐵棍，搞不好把整個地府的鐵棍子都打完了，也算不到這筆帳上來！」

另一個鄰居說：「或許你治好了女婿的病，閻王爺將

功折罪，把你從第十八層地獄提到第十七層來也不一定哩！」

胡屠戶沒有辦法，只得在眾人的陪伴下一起來到市集，尋找范進。范進正坐在一個廟門口，頭髮幾乎全散了，滿臉汙泥，鞋都跑掉了一隻，還在那兒拍著手嘻嘻傻笑，不斷叫著：「中了！中了！」

胡屠戶吸了一口氣，凶神惡煞般的走到范進面前，大罵一聲：「該死的畜生！你中了什麼？」

說著，揚手就是一巴掌。

眾人看到這一幕，都忍不住笑了出來。

胡屠戶那一巴掌，可是鼓足勇氣才打的，打完之後，手早已明顯發顫，不敢再打第二下。不過，只這麼一下，卻也把范進給打暈了，昏倒在地上。

大夥兒立刻上前，一起把范進扶起來，有的替他抹胸口，有的替他捶背心，還有的找來溼毛巾替他擦臉。過了

半晌，范進終於張開眼睛，眼神清亮，不瘋了。

眾人忙著照顧范進的時候，胡屠戶站在一旁看著，忽然感覺右手怎麼愈來愈疼，低頭一看，哎呀！整個巴掌已經莫名其妙的朝天仰著，再也彎不過來。

胡屠戶不禁懊惱的想著：「天上的文曲星果然是打不得的，現在菩薩眞的計較起來了。」

這麼一想，感覺手似乎疼得更厲害了，連忙向附近一個郎中討了一副膏藥貼著。

范進看了一看眾人，如夢初醒般的說：「我怎麼會坐在這裡？」

大夥兒都高興的說：「好了，老爺，恭喜你高中了，趕快回家去打發那些報錄人吧！」

范進說：「是啊，我也記得好像是中了。」

有人多嘴道：「剛才老爺高興過度，有些糊塗，幸好被胡老爹一巴掌給打好了。」

胡屠戶急忙向范進解釋：「賢婿老爺，原諒我，方才不是我敢這麼大膽，是大家要求我這麼做的，你老太太也要我來勸勸你。」

這時，有人注意到胡屠戶手掌的異狀，打趣道：「老爹，你這隻手恐怕明天殺不了豬啦。」

胡屠戶說：「我哪裡還殺豬！有了我這賢婿，我的後半輩子還怕沒有依靠嗎？我常常都說，我看人是有眼光的，瞧我這賢婿，才學又好，相貌又出眾，注定是要出人頭地！想著當年小女在家裡長到三十多歲，我都不肯把她隨便嫁掉，就是因爲我自覺小女是有些福氣的，一定要嫁一個老爺，今日果然不錯！」

說罷，哈哈大笑，眾人也都笑了起來。

范進自己把頭髮整理了一下，又問郎中借了一盆水洗臉，郎中還倒了一杯茶請他喝。此外，一個好心的鄰居還把他跑丟的那隻鞋給找了來，替他穿上。接著，大家就一

起陪范進回家。范舉人走在前面，胡屠戶和眾鄰居跟在後面。胡屠戶見女婿衣裳的後襟滾縐了許多，就一路低著頭，十分耐煩的替女婿扯了幾十回。

婁家兩公子的故事

有兩個世家子弟——婁家三公子和四公子，也就是婁中堂的兩個公子，由於科舉不順，都有一肚子的牢騷，特別是在喝了點酒，酒酣耳熱的時候，經常會說：「自從永樂篡位之後，明朝就不成個天下！」

除了批評時政，爲了表現自己的高雅和脫俗，兄弟倆也很喜歡到處結交名士。

有一天，一個名叫楊執中的人投兩位公子所好，對兩位公子說：「我有一個朋友，姓權，名勿用，字潛齋，是蕭山縣人，平日都隱居在山裡；他才高八斗，學富五車，既有管仲、樂毅治國平天下的能力，又有可與程頤、程顥和朱熹相比的大學問，如果能夠請他來，與他交談，兩位公子一定會有『與君一席談，勝讀十年書』之感！」

「眞的？」兩公子聽了，都非常高興，「居然有這樣的大賢，我們應該立刻就親自去登門拜訪！」

他們不是隨便說說而已，還挺認眞的。不料正準備要

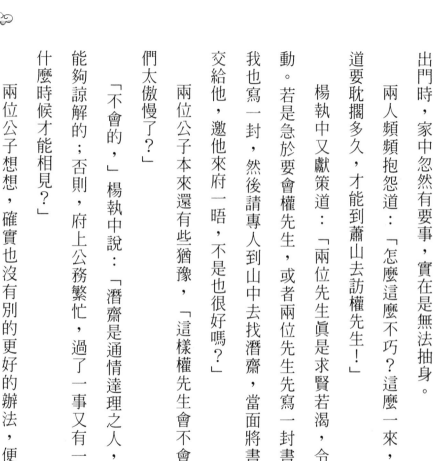

出門時，家中忽然有要事，實在是無法抽身。

兩人頻頻抱怨道：「怎麼這麼不巧？這麼一來，不知道要耽擱多久，才能到蕭山去訪權先生！」

楊執中又獻策道：「兩位先生眞是求賢若渴，令人感動。若是急於要會權先生，或者兩位先生先寫一封書信，我也寫一封，然後請專人到山中去找潛齋，當面將書信送交給他，邀他來府一晤，不是也很好嗎？」

兩位公子本來還有些猶豫，「這樣權先生會不會怪我們太傲慢了？」

「不會的，」楊執中說：「潛齋是通情達理之人，一定能夠諒解的；否則，府上公務繁忙，過了一事又有一事，什麼時候才能相見？」

兩位公子想想，確實也沒有別的更好的辦法，便按照楊執中的建議，迅速寫好一封詞意懇切的書信，並準備了豐厚的禮物，差了一個名叫宦成的家人，帶著書信和禮物

專程前往蕭山。

宦成奉著主命，很快就上了一艘前往杭州的客船。在船上，遇到兩個同行的旅人，一老一少，宦成聽他們的口音像是蕭山一帶，模樣又都挺斯文，像是讀書人，一時興起，便拱手向他們問道：「請問二位的府上是蕭山嗎？」

老者回答：「沒錯，是蕭山。」

宦成又問：「蕭山有一位權老爺，兩位認得嗎？」

兩人想了一想，都搖搖頭說：「沒聽過。」

宦成提醒道：「他的號叫作潛齋。」

少年還是說：「我們學裡沒有這個人。」

老者一聽說「潛齋」，卻頓時笑道：「哦，原來是他呀！知道，知道！」

宦成聽老者的口氣充滿嘲弄，全無恭敬的成分，不禁有些懷疑，「你真的認識權老爺？」

「當然，他在我們那兒可有名了！不過，你別再叫他什

麼『權老爺』，我聽著怪彆扭的。他住在山裡，世代務農，到他父親那一代，掙了幾個錢，送他到村子裡去讀書，指望他應考，出人頭地，可是他足足考了三十多年，連一回縣考的複試也不曾取。後來他父親死了，他既不會讀書，又不會種田，更不會做生意，坐吃山空，很快就把家產敗得精光，他眼看就要山窮水盡，卻還沉得住氣，突然發瘋說要做個高人，成天講些不著邊際的空話……」

少年插嘴道：「那他的生活怎麼辦呢？」

「還不就靠耍耍嘴皮子，到處騙吃騙喝嘛！」老者說：「這傢伙經常掛在嘴邊的話就是——『我和你這麼好，還分什麼彼此？你的就是我的，我的就是你的。』嗳，算了，都是老鄉，我也不好再多說了……」

說到這裡，老者好奇的問宦成：「你打聽這個無賴做什麼？」

宦成只得漫應道：「沒什麼，隨便問問。」

可是宦成的心裡卻嘀咕著：「我家兩位老爺也眞可笑，多少大官大府與他們來往，還嫌不夠，居然要我跑這麼遠的路去找這麼一個混帳人家做什麼！」

但是，主命難違，宦成只得按捺住一肚子的不痛快，仍然按照原訂計畫，到了蕭山，在一個破山溝裡找到了兩位公子十分傾慕的「權老爺」。

權勿用大方的收下了諸多厚禮，要宦成回去轉告兩位公子，說因爲熱孝在身，不便出門，等再過二十多天，他母親百日滿過，一定去拜訪兩位公子。

兩位公子見權老爺沒有隨宦成一起回來，非常失望，還特別把書房後一個亭子上面的匾給換了，新匾上面寫著「潛亭」，表示誠心誠意等著權老爺來住的意思。宦成見了，只有暗暗搖頭。

過了二十多天，在兩位公子的叮囑下，楊執中又寫了一封信，催促權勿用趕緊動身。權勿用心想，這個架子也

端足了，便收拾了簡單的行囊，即刻動身。

來到湖州的那一天，權勿用一進城就與人因爲細故發生了爭執，但也因此巧遇一位過去認識的老朋友——俠客張鐵臂。爲感謝張鐵臂的解圍，權勿用邀張鐵臂一起到婁府去。張鐵臂欣然同意。

兩人來到婁府，在大門口，權勿用神氣兮兮的開口便說要來會三老爺和四老爺。門房問他姓名，他死也不說，只大聲嚷嚷著：「你家老爺知道我是誰，他們已經等我很久了！」

門房不肯爲權勿用傳話，權勿用就在門口大嚷大叫。鬧了一會兒，權勿用只得妥協，改口對門房說：「你去把楊執中老爺給請出來吧！」

楊執中出來，一看見權勿用就嚇了一跳，「你怎麼連帽子都弄不見了？」

那是權勿用方才與人衝突時弄沒的。楊執中連忙請權

勿用先坐在大門板凳上，自己趕緊進去取出一頂舊方巾來讓權勿用戴上。

看見張鐵臂，楊執中又問：「這位壯士是誰？」「他便是大名鼎鼎的張鐵臂。」說著，權勿用自然是把張鐵臂好好吹噓了一番。

三人一路進府，權勿用說起方才與人爭執的事。楊執中得知權勿用竟然爲了一些雞毛蒜皮的事，與別人爭得臉紅脖子粗，皺著眉頭不以爲然道：「等見了兩位公子，這番話就不用再提了。」

楊執中的心裡有些隱隱的不安，暗忖道：「天哪，他怎麼會如此的魯莽啊？」

原來，楊執中和這位所謂的「名士」權勿用也不是很熟哪。

這時，兩位公子都不在家，赴宴去了，楊執中便代爲招呼權勿用和張鐵臂。跟在旁邊聽楊執中使喚，幫忙招呼

的還有楊執中的一個傻兒子，名叫老六；由於楊執中老年痰火疾，夜裡要人陪伴，所以最近才把他這個傻兒子叫來同住。

晚間，兩位公子返家，得知權老爺來了，非常高興，指著「潛亭」的匾給他看，也紛紛說了很多仰慕的話。兩位公子一心認定權勿用是一位不可多得的名士，見他還帶了一位俠客同來，更覺得權勿用的舉動與眾不同。

爲了表示由衷的熱烈歡迎，儘管兩位公子自己已吃過晚餐，但仍吩咐廚下趕緊重新設宴，擺出酒來。他們恭恭敬敬的請權勿用坐首席，權勿用也不客氣，當仁不讓的一屁股坐下，楊執中和張鐵臂對席，兩位公子主位。

席間，兩位公子問起「鐵臂」的緣由，張鐵臂說：「晚生從小就有幾斤力氣，有一次，同伴們與我打賭，叫我睡在街心，把膀子伸出來，然後他們趕一輛牛車過來，想嚇唬我，那牛車至少也有四、五千斤，可是我也不怕，根

本不讓，就在車輪壓到晚生膀子的那一剎那，晚生把膀子用力一掙，就把那牛車震出幾十步遠，而晚生的膀子上則一個印子也沒有，從此大家就封了我這麼一個綽號，叫作張鐵臂。」

「有趣，有趣！」兩位公子聽得津津有味，還拚命鼓掌。

張鐵臂繼續吹噓道：「晚生十八般武藝，可以說都有些研究，只是脾氣不好，又特別喜歡『路見不平，拔刀相助』，還特別喜歡幫助窮人，所以自己身上總是留不住錢，今天才會落得個四海無家，流落在貴寶地。」

兩位公子讚嘆道：「這才是英雄本色啊！」

眾人相談甚歡。從此，權勿用和張鐵臂就這樣大模大樣的在婁府住了下來，被兩位公子奉爲上賓。

有一天，三公子說起想設一個大會，叫兩艘大船，請城裡的諸多風流雅士一起去遊湖。權勿用擔心自己沒有像

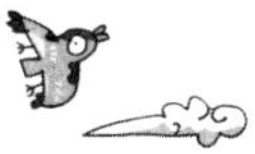

樣的衣服，便託張鐵臂把自己那件現在穿著已嫌太厚太熱的大粗白布衣拿去當了五百文錢，先放在床上枕頭邊，打算隔天去買些藍布，縫一件新衣，好穿了在遊湖時當上客。

不料還沒間隔多久的工夫，晚上權勿用正打算要睡覺的時候，摸一摸枕頭底下，那五百文錢竟然不翼而飛！

他仔細一想，房裡也沒有別人，只有楊執中那傻兒子老六有可能會過來混。於是，權勿用便立刻起身去找老六，直截了當的問道：「我枕頭邊的五百文錢，你看見了嗎？」

老六回答得也很乾脆：「看見了。」

「你拿了嗎？我剛才要找的時候，發現它們不見了！」

「是我拿的，我拿出去賭錢輸了，不過現在還剩下一點碎銀，我打算留著要買燒酒吃。」

權勿用瞪著老六，沒好氣的說：「奇怪，明明是我的

錢，你怎麼拿去賭錢了？」

老六傻呼呼的疑惑道：「咦，你不是常說，你我同是一個人，你的就是我的，我的就是你的，還分什麼彼此？」

說罷，老六掉頭就走。權勿用雖然幾乎快氣炸了肺，卻也是敢怒不敢言。

從此，權勿用和楊執中就經常不合，經常起衝突；權勿用說楊執中是一個呆子，楊執中則說權勿用是一個瘋子。兩位公子都盡可能的調解兩人的不合，見權勿用沒有衣服，還趕緊取出一件上等的淺藍綢直裰送給他。

這樣過了一陣子，有一天晚上，由於接到一封家書，兩位公子坐在書房裡秉燭商議家事。到了二更半後，忽然聽到房上的瓦片一陣大響，隨即有一個人從屋簷上掉了下來。

兩公子嚇了一跳，定睛一看，這個滿身血汙，手裡還提了一個革囊的人，竟然是張鐵臂！

兩公子都大驚失色。

三公子問道：「張兄，你怎麼半夜跑到我們的內室來？」

四公子也指指那個革囊，害怕的問：「那裡面裝的是什麼？」

張鐵臂說：「是一顆血淋淋的人頭……」

「什麼？人頭？」兩公子駭然起身，踉蹌後退，發著抖不能自己，「這——這到底是怎麼回事？」

「兩位公子不要害怕，我不會傷害你們的，我今天來是有事相求……」

聽張鐵臂這麼一說，兩位公子的呼吸總算平順下來，臉上也漸漸恢復了血色。

張鐵臂說：「兩位公子請坐，容我仔細向兩位報告。我平生有一個恩人和一個仇人，我花了十年工夫的等待，總算在今晚殺了仇人，這革囊裡裝的就是他的腦袋，可是

我那恩人，現在已在十里之外，我想向兩位公子商借五百兩銀子去報了他的大恩，從此以後，我心願已了，就可以捨身爲知己者用了。不過，如果兩位公子不便，我也不想勉強，我可以現在就走！」

說完，竟眞的提起革囊，作勢要走。

兩公子此時已嚇得肝膽具裂，急忙攔阻道：「張兄，別走！五百金是小事，何必介意，只是——」

他們指指革囊恐懼的問道：「這東西該怎麼辦？」

張鐵臂說：「簡單！我只要略施劍術，再加上獨家藥粉，這玩意兒就會立刻灰飛煙滅，毛髮不存！不過，現在時間倉促，無法施行，不妨待我先把那五百金給恩人送去，至多兩個時辰就回來，屆時兩位公子可先準備宴席，廣邀賓客，一起來看我施展法術，保證一定會讓大家大開眼界！」

「嘿，妙啊！」兩公子這時已不大害怕了，反而興致勃

勃道：「我們就來開一場別開生面的『人頭會』吧！」

張鐵臂走後，天一亮，兩公子果眞吩咐廚下辦一場盛大的宴席，請來了好多客人，但只說是要小酌，並沒有說明是「人頭會」，準備等張鐵臂回來，當眾施行法術時，再讓大家大吃一驚。

不料等了三、四個時辰，張鐵臂還沒回來。兩公子耐著性子繼續等，等到正午，還不見來。

三公子悄悄向四公子嘀咕道：「事情好像有點兒不對勁，張兄怎麼到現在還不回來？」

四公子說：「一定是突然有什麼事耽擱了吧！他那個革囊現在還在這兒，他絕沒有不回來的道理。」

可是一直等到傍晚，仍然不見張鐵臂的蹤影。偏偏這天天氣甚暖，兩公子等了一天，十分焦躁，不斷在想，張鐵臂那傢伙若果眞食言不來，那革囊裡的人頭該怎麼辦？

又過了一會兒，革囊裡已散發出臭氣，家裡太太聞到

了，不放心，打發人來請兩位老爺去看看。兩公子無可奈何，只得一起鼓足勇氣上前輕手輕腳的割開了革囊一看——天哪！裡頭眞的有一顆血淋淋的腦袋，只是，不是什麼人頭，而是豬頭！

兩公子你看看我，我看看你，都氣惱尷尬得不得了。他們悄悄商議，這件窩囊事絕對不能讓任何人知道，於是，就命人把豬頭提到廚房去料理，兩人還是盡量若無其事的出來陪客人喝酒。

誰知，宴席進行到一半，又發生了一件事——來自蕭山的兩個官差，拿著文件竟然上門要來緝捕權勿用！官差說，權勿用在家鄉犯下多起詐騙案，必須即刻捉拿他回去歸案。

兩公子這才明白，他們一心想要不俗，想要結交不凡之士，到頭來卻被兩個不學無術的騙子給戲弄了。

馬二先生的故事

在鄰近杭州西湖不遠的一條小街上，有一家新開的書店，店裡貼著報單（就是今天的宣傳海報），上面寫著「處州馬純上先生精選《三科程墨持運》於此發賣」；所謂《三科程墨持運》就是類似於參考書、課外輔助教材的意思。

這天，有一個外地人，偶然途經這家書店，看到這張嶄新的報單，面露喜色的走進去，在書店裡坐了一坐，還取過一本《三科程墨持運》，問了價錢，好像不經意似的問道：「這本書的反應怎麼樣？」

書店老闆淡淡的說：「不怎麼樣。墨卷嘛，還不就是只能賣一陣子，哪裡能比得上那些長銷的古書？」

外地人聽了，臉上的笑容頓時凍結，過了沒多久，就頗爲無趣的走了。

書店老闆朝外地人的背影看了一眼，覺得這個人眞奇怪；老闆不知道，原來這個外地人就是這本《三科程墨持運》的作者哪。

過了這一條街，上面已經沒有房子了，是頗高的山岡。馬純上先生，人稱馬二先生，因爲剛才在書店中略微歇了歇腳，之前遊覽西湖、雷峰塔的疲憊一掃而空，便又打起精神朝山岡上走去。

走到山岡上，左邊望著錢塘江，江上無風，水平如鏡，過江的船，船上都有轎子，看得十分清楚。再往上走一段，右邊又看得見西湖和雷峰塔一帶，連湖心亭都清晰可見。那些在西湖裡的打魚船，一個一個如小鴨子似的浮在水面，非常可愛。面對如此動人的湖光山色，馬二先生不禁心曠神怡，遊興也愈來愈高，就繼續朝山上隨意閒逛。

不久，他在吳山上發現了一座小小的祠，上面有一塊匾額，寫著「丁仙之祠」。

丁仙，就是丁野鶴，元代錢塘（今杭州）人，曾經在吳山紫陽庵學道，傳說他後來得道成仙，騎鶴西歸，後人就爲他在吳山建了一座祠來祭祀他。

馬二先生暗忖道：「眞意外啊，我居然不知不覺走到丁仙祠來了。」

走進去，見中間塑一個仙人，左邊一個仙鶴，右邊豎著一座二十個字的碑，不遠處還有一個籤筒。馬二先生看到籤筒，想到最近運氣一直不好，臨時起意，心想：「我何不求個籤問問吉凶？」

正要上前展拜，忽然聽到背後有一個人說：「馬二先生，若想發財，何不問我？」

馬二先生回頭一看，只見祠門口站著一位老先生，身長八尺，頭戴方巾，身穿上等的絲綢，右手拄著龍頭枴杖，雪白的鬍鬚長長的垂過肚臍的位置，飄飄然頗有神仙的模樣。

馬二先生趕緊上前施禮，好奇的問道：「您怎麼知道

我姓馬？」

老先生笑道：「天下有誰會不認識您？今天先生碰到我，也是緣分，不必求籤了，隨我回家去談談吧。」

說著，就親切的牽住馬二先生的手，走出丁仙祠，三轉兩轉就從山林間的羊腸小道轉到一條平坦的大路，很快的就來到伍相國廟的門口。馬二先生一看到伍相國廟，心中更加驚異，因爲前兩天他在這附近遊玩時就想來伍相國廟，卻怎麼也找不到。

「沒想到有這樣的近路，之前是我走錯了，或者——」馬二先生突然有一種奇異的念頭，「這會不會是神仙『縮地騰雲』的法術？」

老先生領著馬二先生走進去。那伍相國殿後面空間極寬敞，又有花園，園裡有五間大樓，四面窗子都能望江望湖，景致極好。老先生說，他就住在樓上，隨即邀馬二先生上樓，施禮坐下。才剛坐定，就過來四個長隨，小心獻

茶，每個人都穿著綢緞衣服，腳下則都是一雙新鞋，看起來十分的光鮮整齊。老先生吩咐長隨們去準備便飯，四人一起應諾著下去了。

馬二先生抬頭一看，看到廳堂中央掛了一首絕句：

「南渡年來此地遊，而今不比舊風流。

湖光山色渾無賴，揮手清吟過十洲。」

後面一行寫的是：「天台洪憨仙題。」

馬二先生疑惑的問：「這洪憨仙——」

老先生笑笑，「就是我。這首詩是我偶爾寫著玩的，寫得不好，讓先生笑話了。」

馬二先生暗暗掐指一算，不得了，南渡還是宋高宗時候的事，距今已是三百多年，那眼前這位渾身仙氣的老先生必然是一位神仙了！

神仙對馬二先生十分禮遇，四個長隨隨後準備的餐點，雖然說是便飯，卻十分豐盛，有羊肉、糟鴨、火腿蝦

圓雜燴等等。其實馬二先生剛吃過中飯不久，肚子還很飽，但爲了不要辜負了神仙的好意，還是努力又吃了一頓。

吃罷便飯，撤下碗盤，洪憨仙和馬二先生親切的閒聊，關心的問道：「先生久享大名，各個書坊敦請您選文章從不間斷，今天怎麼會有這個閒暇想到丁仙祠來求籤？」

馬二先生說：「實不相瞞，我今年在嘉興選了一部文章，得了幾十金，不料卻爲了一個朋友統統墊掉了，如今來到此地，雖然住在書坊裡，卻沒有什麼文章選，手頭愈來愈拮据，才會突然想在祠裡求個籤，問問看可有什麼發財的機會……沒想到卻遇見您老先生，這籤也不必求了。」

洪憨仙摸摸雪白的鬍鬚，一臉慈祥，「要發財也不難，不過，要發大財得等一等，今天暫且先發點小財好嗎？」

馬二先生大喜道：「只要發財，哪論大小！」

洪憨仙沉吟片刻，對馬二先生說：「也罷，我先送先生一點東西，先試試看先生的造化。」

遂站起來，走進內室，從床頭邊摸出一個布包，從裡面取出幾塊黑煤，交給馬二先生，吩咐道：「你回到住處，燒起一爐火，把這幾塊黑煤放在上面，再拿個罐子蓋住，看看會成些什麼東西，明天你再來告訴我。」

馬二先生回到住處之後，立刻照做，萬萬沒想到，竟然燒出六、七錠大紋銀！

這時，馬二先生儘管喜出望外，但還不敢完全置信。次日清早，他拿著這些紋銀上街到錢店一問，錢店都說確實是十足的紋銀，還當場換了幾千錢給他。

馬二先生收好錢，趕緊趕到洪憨仙那兒，想鄭重致謝。洪憨仙早就在等著他啦，一看到他就笑咪咪的問：「昨天晚上的事，怎麼樣啊？」

馬二先生笑逐顏開道：「果真是仙家妙用哩！」然後

老實的報告一共燒出多少紋銀，又換了多少錢。

洪憨仙說：「看來你還頗有造化，我這裡還有些，先生再拿去試試。」

說著，又取出更多的黑煤，分量至少是昨天的三、四倍，送給馬二先生。並且，又留馬二先生吃了豐盛無比的便飯，才讓馬二先生回來。

接下來，馬二先生在住處足不出戶的過了六、七天，每天就是燒黑煤、撿銀子，等到把洪憨仙給的黑煤都燒完了，仔細一秤，足足有八、九十兩重。馬二先生歡喜得不得了，對洪憨仙自然也是充滿了感激。

一個是天上的神仙，一個是人間的秀才，就這樣成了好朋友，經常往來。

有一天，洪憨仙一大早就派了長隨來把馬二先生請去，對馬二先生說：「我有一件事想拜託先生。」

「請說請說。」

「先生，你是處州人，我是台州人，兩個地方本來也就相去不遠，今天有一個客人要來拜訪我，我要對他說，你是我的表弟兄，希望先生不要否認。」

「這是我高攀了，只是不知道這位尊客是誰？」

「是這城裡胡尚書家的三公子。其實尚書已經留給他不少資產，但是這位公子卻有錢癖，總想要多多益善，因此老纏著我要學『燒銀』之法，我近日就要告別還山了，念他平日一直對我十分敬重的分上，打算在還山之前幫他一下，順便也可以幫幫先生……」

馬二先生聽到這裡，還聽不出什麼頭緒，但他不敢打岔，只得繼續耐心的聽下去。

「胡三公子準備拿出萬金，作爲爐火、藥物的費用，待我施展『燒銀』之法七七四十九日之後，這萬金就成了『銀母』，屆時凡是一切銅、錫之物，經『銀母』一觸都將成爲黃金，胡三公子所得豈止數十百萬。胡三公子說，爲

了感謝我，將把那些『銀母』送給我，但其實凡間的銀子，我根本也用不著，所以我想把先生認做是我的表弟兄，那麼，我把『銀母』送給表弟兄也是合情合理，胡三公子想必也不會有什麼意見，而先生得了那些『銀母』，家道自此也可小康，就算沒有書坊敦請，也不用發愁了。」

馬二先生總算聽明白了，大爲感激，「您這是照顧我啊！實在是太感謝您了！」

不久，胡三公子來了，洪憨仙向胡三公子介紹馬二先生道：「這是舍弟，各書坊所貼『處州馬純上先生選《三科程墨持運》的便是。』」

「是嗎？失敬，失敬。」胡三公子非常高興。

次日，馬二先生又陪著洪憨仙坐著轎子回拜胡府，並送了一部新選的墨卷給胡三公子。胡三公子熱情的接待了他們。就在這天，胡三公子和洪憨仙談完了所有關於『燒銀』的細節，包括先兌出一萬銀子，並打掃家中花園，作

爲丹室等等。

可是，接下來一連四天，馬二先生都不見憨仙有人來請，頗爲惦念，便主動徒步去看他。一進門，便感覺氣氛不對，那四個長隨個個神色慌張，在房中翻箱倒櫃，好像在找什麼值錢的東西。

馬二先生也跟著緊張起來，拉住一個長隨問道：「發生了什麼事？」

「憨仙突然得了急症病倒了，病候很重，醫生說脈息不好，已經不肯下藥了！」

「什麼？」馬二先生大驚，急忙上樓一看，憨仙果眞已是奄奄一息，連頭也抬不起來。

馬二先生心好，就在憨仙病床邊相伴，晚間也不回去。

挨了兩日多，憨仙斷氣身亡。馬二先生不解道：「憨仙是一個活神仙，不是都已經活了三百多歲，怎麼忽然又死了？」

一個長隨嗤之以鼻道：「三百多歲？笑話！他老人家今年不過只有六十六歲！」

馬二先生一臉茫然，「你是說——」

「這一切都是假的呀！難道你還看不出來嗎？老實告訴你吧，其實我們四個也不是他什麼長隨，有兩個是他的侄兒，一個是他的兒子，我呢，是他的女婿。我們本來也都是本分的生意人，被他哄來跟著做這種騙人的勾當，說是什麼一本萬利，現在可好，不但他老人家連買口棺材的錢都沒有，我們恐怕也要討飯回鄉了！這老傢伙眞是害人不淺啊！」

馬二先生瞠目結舌，「那——那一包包黑煤，爲什麼能燒出紋銀？」

「因爲那些黑煤本來就是銀子！只是先用煤煤黑了的，一下了爐，銀子本色當然就顯出來了，那只不過是一種哄人的把戲呀！」

馬二先生又想起一事，「不對不對，如果他不是神仙，怎麼當初在丁仙祠一看到我就知道我是誰？」

「那是那天他碰巧在書店裡看到你，從你和書店老闆的對話猜出來的，所以他才要刻意結交你，想利用你去騙胡三公子的銀子呀，因爲你在書坊操選，是有蹤跡可尋之人，有你這樣的至戚，胡三公子當然就會放心把銀子拿出來了……」女婿說到這裡，頓了一下，忍不住語帶譏諷的對馬二先生說：「難道先生一直就這麼深信不疑？從來就沒有懷疑過？虧先生還是一個讀書人，世間哪來的什麼神仙！」

馬二先生至此才恍然大悟，「原來他從一開始就是在騙我！」

但隔了一會兒，馬二先生轉念又想：「可是他畢竟也沒害我啊，我到底還是應該感謝他。」

因此，馬二先生還是盡心盡力替洪憨仙辦妥了後事，甚至還把剩下的銀子幾乎統統都送給那四個「長隨」，讓他們安然返鄉去了。

匡超人的故事

匡迥，號超人，是溫州府樂清縣人。他和馬二先生還有一番淵源。

洪憨仙出殯那天，馬二先生送殯回來，照例到城隍山喝茶；這已是他持續頗長一段時間的習慣了。這天，馬二先生來到茶室，一眼就發現茶室旁邊多出一張小桌子，一個二十出頭的年輕人坐在那兒拆字。那年輕人雖然瘦小，看上去倒還挺有精神；更令馬二先生感到有興趣的是，那年輕人在等著拆字生意上門的同時，手裡還拿著一本書在看。馬二先生好奇的走近一看，原來就是自己新選的《三科程墨持運》。

馬二先生走到桌旁板凳坐下。年輕人抬起頭問道：

「是要拆字的？」

馬二先生說：「我走累了，想借這裡坐坐。」

年輕人說：「請坐，我去取茶來。」

說著，就向茶室裡開了一碗茶，送到馬二先生面前，陪著坐下。

馬二先生見年輕人這麼客氣有禮，對他的好感又增加了好幾分，便主動和他攀談起來；得知年輕人是溫州府樂清縣人，又見年輕人戴頂破帽，身穿一件單布衣服，甚爲襤褸，忍不住關心的說：「你離家數百里，來這裡做這種生意，這種生意別說賺不了錢，恐怕連糊口也很難。我看你這麼勤學，想必也是個讀書人，不知道你今年多大？家中可有父母妻子？」

年輕人回答：「晚生今年二十二歲，還不曾娶過妻子，家裡父母俱存。」

接著，年輕人把自己的情況告訴了馬二先生：「我自小也上過幾年學，後來因爲家貧無力，書便讀不成了。去

年我跟著一個賣柴的客人來省城，在柴行裡記帳，本來想賺點銀子回去孝敬父母，沒想到那客人的柴行竟賠了本，不得回家，我也就流落在此。前幾天碰到一個老家來的人，說我父親臥病在床，我聽了眞是心急如焚，如今只想趕緊攢夠一點路費，好回家去探望父親，不知道他老人家現在怎麼樣了……」

說著說著，豆大的淚珠便落了下來。

馬二先生不覺又動了惻隱之心，「你先不要傷心……對了，你叫什麼名字？」

匡超人報上之後，也請問馬二先生的名字。馬二先生說：「這不用問了，你方才看的那本書，封面上所寫的『馬純上』就是我了。」

匡超人一聽，立刻站起來慌忙作揖道：「晚生眞是有眼不識泰山！」

「快不要如此。」馬二先生覺得和匡超人相當投緣，便好心邀匡超人到自己所住的文瀚樓坐坐，並留他吃了晚飯。

席間，馬二先生問匡超人：「你此時心裡可還想著讀書上進？可還想著回去看看父親？」

匡超人聽了這問話，又落下淚來，哽咽道：「先生，我如今衣食缺少，還拿什麼本錢想讀書上進？這是不可能的了，只是父親在家患病，我身爲人子，卻不能回去奉侍，眞是禽獸不如！我活在世上還有什麼意義？還不如早點兒死了算了！」

馬二先生趕緊說：「你不要著急，今晚你就在我這裡湊和一夜，明天我送你一點盤纏，讓你回家去探望父親。」

「眞的？您實在是太好了！」匡超人感激莫名，覺得自己眞是絕處逢生，居然碰到這樣一個大好人。

稍後，馬二先生又問匡超人：「你小時讀過幾年書？文章可曾成過篇？」

（「文章可曾成過篇？」，意思是說，「八股文的習作是否到了整篇寫作的階段？」一般來說，八股文的習作，都是按照「一段」、「半篇」、「全篇」這樣的步調來進行。）

匡超人點點頭，「成過篇的。」

馬二先生笑著說：「這樣吧，我來出個題目，你做一篇，我看看你筆下有沒有希望進學，你看怎麼樣？」

「那太好了！」匡超人高興的說：「我正想請教先生，只是唯恐寫得太差，浪費先生的時間，又惹先生見笑。」

馬二先生說：「說哪裡話。我出一題，你明日做。」

不料，翌日清晨，馬二先生才剛起來，就發現匡超人的文章已經做好了，並且恭恭敬敬的送了過來，請他指教。

馬二先生驚喜道：「又勤學，又敏捷，眞是可敬可敬！」

待仔細把文章讀了一遍，又十分誠懇的說：「嗯，你

這文章，才氣是有的，就是理法還欠些。要知道，文章總以理法爲主，任他風氣如何變化，理法總是不變。」

遂將匡超人的文章按在桌上，拿筆點著，從頭至尾，講了許多虛實反正、呑吐含蓄的技巧給匡超人聽。

匡超人認認眞眞的聽了，作揖道謝之後，就準備要離去。馬二先生說：「別急，我還沒送你盤纏呢。」

匡超人本來只想要一兩銀子，結果，馬二先生說：「一兩銀子怎麼夠？你一到家，總得有些本錢奉養父母，你才可能有工夫讀書。我這裡拿十兩銀子給你吧，你回去做點小生意，並且請個醫生看看尊翁的病。」

除了十兩銀子，馬二先生又唯恐匡超人在路上冷，所以又特意找出一件舊棉襖和一雙鞋，讓他早晚穿穿。

受到馬二先生這般照顧，匡超人深有無以爲報之感，淚如泉湧之際，忽然產生一個念頭，想要拜馬二先生爲盟兄！

馬二先生大喜，當下受了匡超人兩拜，又同匡超人拜了兩拜，結爲兄弟。接著，馬二先生又趕緊收拾菜蔬，要替匡超人餞行。

吃著，馬二先生又苦口婆心的對匡超人說：「賢弟，你聽我說，你回去侍奉父母，千萬要記得總以文章舉業爲主；人生在世，除了這件事，就再沒有第二件事可以出頭！不要說算命、拆字是下等，就是開個私塾，也不是什麼好的出路，只有憑著本事進了學，中了舉人、進士，即刻就可光宗耀祖，這就是《孝經》上所說的『顯親揚名』，這才是大孝！再說，你自己的生活也不會再受苦。古語說得好，『書中自有黃金屋，書中自有千鍾粟，書中自有顏如玉。』而今什麼是書？就是我們的文章選本了！」

馬二先生頓了一下，「賢弟，你回去奉養父母，千萬要記得一定要以舉業爲主，就算是生意不好，奉養不周，也沒有關係，你父親躺在床上，哪怕沒有好東西吃，只要聽到你念書的聲音，他就會得到莫大的安慰，身體分明難過也好過，分明哪裡疼也不疼了，這便是曾子所謂的『養志』。假如時運不佳，終身不得中舉，一個『廩生』也還是可以指望的，到後來，做任教官，也好替父母請一道封誥。我的年紀大了，賢弟還年輕，還很有機會，希望你多聽聽愚兄的忠告。」

說罷，馬二先生又到自己的書架上，細細挑了幾部文章選本，塞在匡超人的鋪蓋捲裡，對匡超人殷切的說道：「這些書都很好，你可以用心的讀。」

馬二先生送匡超人下樓，又送他出清波門，一直送到江船上，看著匡超人上了船，兩人才灑著淚，依依辭別。

匡超人回到家，家人都非常高興，尤其是他的哥哥並不是一個能幹的人，匡超人這一年多不在家，族裡有人乘機欺負他們家，匡超人父親的病和無端受了氣、還挨了打有很密切的關係，現在匡超人回來，父母在精神上都輕鬆不少。

匡超人的精神最足（不愧是「超人」！），他每天一大清早就忙著做殺豬和磨豆腐的小生意，夜晚陪伴父親，伺候父親生活起居，還要念書，這已經是夠辛苦了，中午稍微比較得空，他還有興致跑到門首和鄰居們下象棋。

有一天中午，匡超人和人下棋時，碰到本村大柳莊保正潘老爹。潘老爹和匡超人閒話家常時，心血來潮，抓匡超人的手過來細細看了半天，然後說：「嘿，不是我奉承你，我從小就學得一些麻衣神相法，你眞是十足的貴相，到了二十七、八歲，就會交上好運，妻、財、子、祿，都會有的。現在印堂有些發黃，不久可能會有一場虛驚，幸好並不礙事，最近還會有貴人星照命，總之，你從現在開始，運氣會一年好過一年。」

匡超人聽了，不以爲意，笑著說：「我這個做小生意的，只希望不要賠了本，每天都能夠攢幾個錢養活父母，

就謝天謝地了，哪敢指望會有什麼富貴輪到我頭上？」

沒想到，隔不了幾天，村裡失火，匡超人家也受到了池魚之殃，匡超人拚盡全力，總算先後把父母都背了出來，還及時拉出嫂嫂。他哥哥只顧挑出每天都上市集做小買賣的擔子，就被熊熊火光嚇得不知道躲到哪裡去了，事後居然還埋怨匡超人不幫忙搶救家當。

在保正潘老爹的幫忙下，匡超人總算在附近找了一個和尚庵，願意暫時收留他們一家，後來，又在和尚庵旁邊的大路口租了間半屋，湊合住著。所幸在失火的那天晚上，匡超人睡得特別遲，本錢都還帶在身邊，此後依然殺豬、磨豆腐過日子，晚上也依然點燈念書，只是父親受到那天晚上的驚嚇，病情更加沉重。

匡超人的心裡雖然也頗爲憂慮，但爲了避免增加父母的心理負擔，只有盡量不表現出來，每晚還是不停的讀書。

有一天晚上，讀到二更多，正讀得起勁兒，忽然聽到窗外陣陣鑼響，許多火把簇擁著一乘官轎過去，後面還有馬蹄一片聲音。匡超人心知一定是本縣知縣經過，也不曾住聲，繼續大聲的念。

知縣聽到匡超人朗朗的讀書聲，卻不免心頭一震，心想：「這麼偏僻的地方，三更半夜，居然還有人在苦讀，實爲可敬！只是不知道念書的這個人是秀才？還是童生？」

第二天，知縣就傳潘保正來打聽，「在莊南頭廟門旁那一家，深夜念文章的是什麼人？」

「噢，是匡家，他們家不久前被火燒了，現在是暫時租屋在這裡居住，那個念文章的是他家第二個兒子匡迥，每天晚上都要念到三四更鼓，不過，他不是秀才，也不是童生，只不過是一個小本生意人。」

知縣聽罷，更加動容，對保正吩咐道：「我這裡發一個帖子，你明天拿去向這個匡迥致意，說我這個時候也不

便約他來會，但是現今考試在即，叫他報名來應考，如果文章做得不錯，我就提拔他。」

次日清早，知縣進城回衙去了。潘保正叩送回來，立刻飛跑到匡家，把這個好消息告訴匡超人，還得意的說：「怎麼樣，我前幾天還說你氣色好，主有個貴人星照命，一點也不錯吧！今天老爺發這個帖子給你，叫你去應考，分明是要抬舉你的意思啊。」

匡超人也覺得喜從天降。全家人都非常高興，就是他哥哥不相信，不以爲然的嘀咕道：「哪有這麼好的事？」

過了幾天，縣裡果然出告示考童生。匡超人買了卷子去應考，果然被取了。複試，匡超人又買卷子進去。知縣坐了堂，頭一個點名就是他。

知縣問道：「你今年多大年紀了？」

匡超人回答：「童生今年二十二歲。」

知縣說：「你的文章還可以，這回複試，要更用心，

我少不得會照顧你。」

匡超人磕頭謝了，領卷下去。複試過兩次，出了長案，竟取了第一名案首！知縣還特別傳他見面，關心了一下匡超人家中的情況，並拿出二兩銀子給他，「這個你拿回去奉養父母，並且要比往常更加發憤用功，等府考、院考的時候，你再來見我，我還會資助你赴考的盤纏。」

匡家一家人對於知縣這麼照顧匡超人，都十分的感激，匡超人病中的父親，捧著銀子，還望空磕頭，感謝本縣老爺。匡超人的哥哥這會兒總算相信弟弟是鴻運當頭了。

知縣毫不食言，在殘冬已過的時候，果然資助匡超人去府考和院考。匡超人一去二十多天，他父親感覺就像去了兩年似的，每天都眼淚汪汪的望著門外，盼著匡超人能早日回來，更盼著匡超人能有福氣掙著進一個學。

這天，好消息終於來了，匡超人進了學了，考取秀才

了！

四、五天後，匡超人送過宗師，才回家來，穿著秀才的服飾，拜見父母。父母自然是高興萬分，而哥哥見他中了個秀才，對他的態度比從前要親熱很多。

潘保正替匡超人約了一些鄉人來爲他賀學，又借在和尚庵裡擺酒。這一回可是相當風光，匡家總共收了二十多吊錢的賀禮，宰了兩隻豬和些雞鴨之類，吃了兩三天酒，連廟裡的和尚也來奉承。在鄉人的眼中，現在的匡超人和從前眞是大不相同了。

匡超人和病重的父親商議，從此不殺豬，也不磨豆腐了，把請客剩下來的十幾吊錢交給哥哥，又租了兩間屋，開了一個小雜貨店。

匡家的日子明顯的愈過愈好。這一切自然都是從知縣的幫忙開始的，知縣眞可說是匡家、特別是匡超人的福星。

然而，有道是「禍福相倚」，這句話竟然也應驗在匡超人的身上。

不久，就在父親剛剛不幸過世之後沒幾天，匡超人從父親的墳上祭奠回來，就赫然得知一直很照顧他的知縣，不知道爲了什麼緣故，烏紗帽竟然被上頭派人來摘了。

又過了幾天，事情更糟。由於知縣平常甚受百姓愛戴，來摘印的官受到鄉民的包圍抗議，非常生氣，下令要追查爲首鬧事的人，這時，有兩個差人因爲知道知縣平日很照顧匡超人，竟昧著良心胡亂把匡超人的名字給密報了上去！

好心的潘保正得知風聲之後，悄悄跑來告訴匡超人，要匡超人趕快到外地去避避風頭。

匡超人又驚又急，大呼道：「這眞是飛來橫禍啊！如今教我到哪裡去才好？」

潘保正好人做到底，聽說匡超人只有杭州熟，便寫了

一封書信，叫匡超人到杭州去投奔他的一個同宗兄弟。匡超人把家裡稍做安頓之後，當天晚上就匆匆忙忙的出發了。

匡超人背著行李走了幾天旱路，到溫州搭船。船上碰到一個人，上船後一放下行李，就拿出一本書來看。匡超人心裡好奇，但不好多問，只能偷偷看了幾眼，看那書上圈得花花綠綠，好像是些什麼詩詞之類。

第二天上午，一吃過早飯，那客人又拿出書來看。匡超人忍不住了，便搭訕道：「昨天晚上好像聽說您在省城有店，不知道您開的是什麼寶店？」

那人回答：「是頭巾店。」

匡超人更納悶了，「既然您是開頭巾店的，還看這書做什麼？」

那人笑道：「怎麼？你以爲這書是只有你們這些戴頭巾、做秀才的人才會看嗎？在我們杭州有多少名士，都是

不講八股的。」

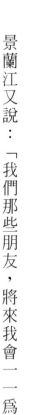

接著，那人主動告訴匡超人，他名叫景蘭江，各處詩選上都刻過他的詩，已經有二十幾年了。說著，還隨手從行李裡拿出一本作品，說要送給匡超人，請匡超人指教。匡超人自覺失言，心裡慚愧，接過詩來，雖然看不懂，但還是假裝看完了，胡亂稱讚一番。

在接下來的旅途中，景蘭江興致勃勃的和匡超人談起許多在杭州的文化活動，令匡超人大開眼界。景蘭江也談起很多文友，據他說，都是一些赫赫有名的文人雅士，匡超人便問起：「有一位在城裡文瀚樓選書的馬二先生，先生想必也認識了？」

景蘭江說：「噢，我是聽說有這麼一號人物，不過，他崇尚八股，和我們道不同，所以平日並沒有什麼來往。」

匡超人聽了，不禁默然。

景蘭江又說：「我們那些朋友，將來我會一一爲先生

引薦，讓你認識認識。」

到了杭州，景蘭江果眞非常熱心的爲匡超人介紹了很多文友，也拉他參加了不少藝文活動，讓匡超人在杭州的日子頗不寂寞。

他還因緣際會的也像馬二先生一樣，做起了選本的工作。第一本做完的時候，書店主人非常滿意，還這麼誇讚匡超人，「以前我們請馬二先生做選本和眉批，三百篇文章要批兩個月，如果去催他，他還要生氣，哪像先生這樣，批得又快又好，我拿給很多人看，大家都說批得好極了！先生今後就在這裡住著，將來各書坊一定都會來請先生，生意多著哩！」

果然，接下來不過才五、六年的工夫，匡超人就已出了考卷、墨卷、八股文選集、名家的稿子，還有《四書講書》、《五經講書》、《古文選本》等等，林林總總一共是九十五本。匡超人對此甚感得意。有一回，他在和別人閒

談時，還毫不諱言的自誇自己是如何的嘉惠學子，說很多學子都在書案上用香火蠟燭供著「先儒匡子之神位」……

友人笑道：「不對吧？『先儒』一詞，不是指已經去世之儒者嗎？先生還健在，怎麼可以稱呼先生爲『先儒』？」

匡超人紅著臉，硬著頭皮強辯道：「不，所謂『先儒』，是『先生』的意思。」

朋友見他如此，也不再和他爭辯，免得最終會讓他下不了台，只好轉移焦點又問：「聽說做選本的還有一位馬純上先生，不知道他編選文章的水準怎麼樣？」

匡超人說：「他也算得上是我的好朋友，不過老實講，這位先生理法有餘，才氣不足，所以他的選本賣得並不好。做選本，總要賣得好才行，否則書坊不是就要賠本了嗎？像小弟的選本，就賣得很好，到處都有，還有一部選本是前年刻的，現在都已經翻刻過三副板了……」

顯然，匡超人對自己的成就感到非常的驕傲；與馬二先生之間曾經有過的一番情誼，似乎已在他的記憶之中遠去了。

鮑文卿的故事

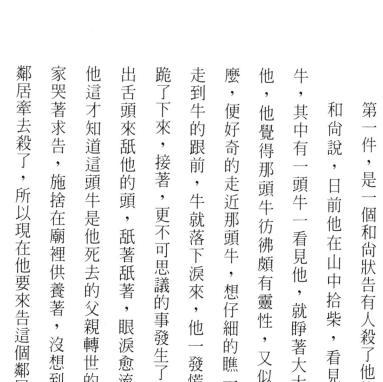

這天，安東縣向知縣坐堂要審三件事。

第一件，是一個和尚狀告有人殺了他的父親。

和尚說，日前他在山中拾柴，看見有人在放好幾頭牛，其中有一頭牛一看見他，就睜著大大的牛眼一直望著他，他覺得那頭牛彷彿頗有靈性，又似乎想告訴他些什麼，便好奇的走近那頭牛，想仔細的瞧一瞧；沒想到才剛走到牛的跟前，牛就落下淚來，他一發慌，雙膝一軟，就跪了下來，接著，更不可思議的事發生了——那頭牛竟然伸出舌頭來舐他的頭，舐著舐著，眼淚愈流愈多。和尚說，他這才知道這頭牛是他死去的父親轉世的，便向放牛的人家哭著求告，施捨在廟裡供養著，沒想到幾天前卻被一個鄰居牽去殺了，所以現在他要來告這個鄰居。

向知縣聽完和尚的控訴，把和尚所告的鄰居叫上來問話。鄰居大聲喊冤：「不是小的無緣無故把他的牛牽來殺掉，明明就是他自己把那頭牛賣給我，我一買到手，當天

就殺了，不料前兩天和尚又突然跑來對小的說，那頭牛是他父親變的，他的價錢賣低了，要我再補他幾兩銀子，我不肯，他就和我吵起來，還要告我！」

這位倒楣的被告又說：「我聽說這牛其實也並不是他父親變的，這和尚常年剃著光頭，還故意在光頭上撒鹽，哄牛伸出舌頭來舐他的頭，而牛只要舐到鹽，自然就會流出眼淚，然後這和尚就說牛是他父親轉世，哭著要人家施捨，等到人家眞的把牛給他了，他又把牛賣掉，這已經不是他第一次這麼做了！」

爲了求證，向知縣又把那個送牛給和尚的人叫來問道：「那頭牛你是送給和尚，還是賣給和尚？」

那人回答：「是白白送給他，不曾要一個錢，因爲他說那是他父親變的呀！」

向知縣遂怒視和尚：「輪迴之說本來就是沒有什麼根據的事，何況既然你說那是父親轉世，怎麼又把牠賣掉？

你這個禿驢眞是可惡極了！」

說罷，便丟下簽來，將和尚重責二十，趕了出去。

第二件事，是有人告一位醫生，說醫生毒殺了他的哥哥。

那人說，他的哥哥害病，請了一位醫生來看病，醫生用了一劑藥，他的哥哥服下之後就發了神經病，跳到河裡淹死了，所以堅信哥哥一定是被醫生開的藥給毒殺的。

向知縣把醫生叫上來問話：「他哥哥得的是什麼病？你給他用的是什麼藥？」

醫生說：「他本來只是一個寒症，小的用的是荊防發散藥，藥裡面放了八分細辛，當時他家有一個親戚，明明不懂偏偏還在旁邊多嘴，說什麼細辛如果用到三分，就要吃死人，其實，《本草綱目》上哪有這麼說？就是把四百味藥的藥性都查遍了，也不會記載吃了什麼藥就會跳河的，何況病人是服藥之後三、四天才跳河，這與小的有什

麼相干?他們明明是要誣陷我呀!還請老爺爲我作主!」

向知縣點點頭,「確實沒有道理。」

遂轉頭對原告說:「何況你家有病人,本來就應該小心看護,怎麼可以放他出去跳河?這與醫生有什麼關係?這樣的事也來告狀!」

說罷,便統統趕了出去。

第三件,是一位婦人告一個男子謀害了她的丈夫。婦人說,她的丈夫名叫牛布衣。爲了尋夫,她從浙江尋到蕪湖,又從蕪湖尋到安東,好不容易尋到了一個「牛布衣」,卻不是她的丈夫,可見是眼前這個自稱是「牛布衣」的男子謀害了她的丈夫,再冒用她丈夫的招牌!

向知縣問被告:「你可認得這個婦人?」

「不認得,不認得!」那人連連搖手,「生員從來就不認得這個婦人,也不認得她的丈夫,她忽然跑到生員家要起丈夫來,眞是從何說起!」

婦人仍然哭著說：「可是你現在還掛著我丈夫的招牌，我丈夫不問你要，問誰要？」

（其實，被告原本叫作牛浦郎；嘉靖九年八月初三，牛布衣在離家一千多里的甘露庵病故後，牛浦郎因緣際會拿到了牛布衣的詩稿，竟大著膽子把那本詩稿據爲己有，當成是自己的作品，甚至還欺負牛布衣反正是一個異鄉人，一不做、二不休的冒用牛布衣的文名，冒充起牛布衣來。只可惜這些事情向知縣並不知道，也很難想像天底下竟然會有這種冒用死人名號的無行的文人！）

因此，向知縣相信了那個頻頻喊冤的牛生員，對婦人說：「天下同名同姓的多了，既然這位牛生員不知道妳丈夫的蹤跡，妳還是到別的地方去找妳的丈夫罷！」

婦人不依，在堂上哭哭啼啼，一定要求向知縣爲她伸冤。向知縣被她纏得急了，只好說：「也罷，我就差兩個衙役，送妳回浙江老家，妳到本地去告狀吧，我哪有工夫

管這樣的無頭官司！」

於是，就這樣退了堂。

不久，這件「無頭官司」不知道怎麼搞的，被人告到上面去，說向知縣故意偏袒做詩文的人，放著人命關天的大事都不聞不問，竟然要處置向知縣。

負責要來處理向知縣的是一位姓崔的按察司。這天晚上，崔按察正在仔細讀著要處理昏官向知縣的資料，看了又念，念了又看；忽然，燈燭影裡，看見一個人跪在他的面前，定睛一瞧，原來是他門下的一個戲子，叫作鮑文卿。

按察司問道：「你有什麼事嗎？起來說話吧！」

鮑文卿說：「方才小的無意中聽見老爺好像要參處這位安東縣向老爺，小的想為這位向老爺求情。」

「你認識這位向老爺嗎？」

「不認識，但小的自從七、八歲學戲，從師父那兒念的

就是他做的曲子；這位老爺是一個大才子，大名士，都二十多年了，才做得一個知縣，好不可憐！如今還要被參處……他這件事，其實也還是因爲敬重斯文，不知道大老爺可否就放了他一馬，免了他的參處罷！」

按察司說：「眞沒想到你倒還懂得愛惜人才。你都有這種心意，難道我會沒有？不過……」

按察司心想，若免了向知縣的參處，不革他的職，可是向知縣並不會知道是一個素昧平生的戲子救了他，於是便好心寫了一封信，把這其中的緣由都告訴向知縣，再差一個衙役，把鮑文卿送到安東縣，想叫向知縣謝鮑文卿幾百兩銀子，也好讓鮑文卿可以回家做個做生意的本錢。

果然，向知縣看了崔按察的書信，大驚失色之餘，自然是對鮑文卿感激莫名。但奇怪的是，不管向知縣想多麼禮遇鮑文卿，鮑文卿都不肯接受，直說會壞了規矩；要酬謝他五百兩銀子，他一文錢也不肯收，反而說：「這是朝

廷頒給老爺們的俸銀，小的只是一個賤人，怎麼敢用朝廷的銀子？小的若領了這些銀子回去養家活口，一定折死小的！」

向知縣見他真心拒絕，無可奈何，只好寫封信向崔按察稟明情況，又留鮑文卿住了幾天，才派人送他回去。

崔按察知道之後，說鮑文卿是一個呆子，也就算了。

又過了些時候，崔按察升了官，把鮑文卿一起帶進京去。沒想到才剛進了京，崔按察就病故了。鮑文卿在京沒有靠山，他本來是南京人，想想離開一晃眼也都十四年了，乾脆收拾行李，回到南京。

南京是太祖皇帝建都的地方，裡城門十三，外城門十八；穿城四十里，沿城一轉足足有一百二十多里。城裡有幾十條大街，幾百條小巷，大街小巷裡的大小酒樓至少有六、七百座，茶社則有一千多處，不論你走到哪一條偏僻的巷弄，總有一個地方懸掛著燈籠賣茶，而茶社裡也總是

坐滿了喝茶的人。

南京城裡還有一條河，從東水關一直到西水關，足足有十里，那就是有名的秦淮河。秦淮河水滿的時候，畫船簫鼓，晝夜不絕，而且愈是夜深就愈熱鬧。

鮑文卿住在水西門，他家已經幾代都做戲行，在南京城也算是小有名氣。

鮑文卿回到家，見過妻子，沒有多耽擱，立刻手腳勤快的把家裡的笙簫管笛、三弦琵琶等樂器，清理清楚，看看有哪些是斷了弦的、壞了皮的，然後就出門到附近一家同行常去的茶館，想去會會同行。

才剛走進茶館，就看見一個人，頭戴高帽，身穿寶藍緞直裰，腳下粉底皂靴，正獨自坐在那裡喝茶。一開始，鮑文卿還看不真切，等到走近一看，才發現原來是他以前同班唱老生的錢麻子。

錢麻子看見鮑文卿，十分驚喜，親熱的說：「喲，文

卿，是你！好久不見了！幾時回來的？請坐請坐，一起喝茶。」

鮑文卿坐下來，「我剛剛遠遠的看到你，只疑惑是哪一位翰林、科道老爺錯走到我們這裡來喝茶，原來是你這老傢伙！」

錢麻子笑道：「哎喲，文卿，你在京裡走了一回，見過幾個做官的，回家就拿翰林、科道來嚇唬我了。」

鮑文卿正色道：「兄弟，話不是這樣說，像這衣服、靴子，不是我們幹這一行的可以穿的；你穿成這樣，叫那些讀書人穿什麼？」

錢麻子不以爲然道：「哎呀，那一套都是二十年前的講究了！現在南京這些鄉紳人家請客，就算是有什麼大官，去了還不是也只是坐在下面，常常就和我們坐在一起，同桌如果還有什麼一副窮酸相的讀書人，我還不拿正眼瞧他哩！」

鮑文卿說：「唉，兄弟，你說這些不安本分的話，別說來生還是做戲子，就是變驢變馬都是應該的！」

錢麻子聽了也不以爲意，笑著打了鮑文卿一下。

後來，又來了一些朋友，大家一起閒聊喝茶。散了之後，鮑文卿就往城北，主要是想找幾個孩子來學戲。剛走到鼓樓坡上，遇到一個人正在下坡。那人頭戴破氈帽，身穿一件破黑綢直裰，腳下一雙爛紅鞋，花白鬍鬚，看上去至少有六十多歲光景，手裡拿著一張破琴，琴上貼著一張白紙，紙上寫著四個字——「修補樂器」。

鮑文卿趕上幾步，向老先生拱手問道：「老爹是會修補樂器的嗎？」

「正是。」

兩人就這麼認識了，很快的也商議好有關修補樂器的事。

由於修補樂器，兩人也漸漸熟識起來。

這天，鮑文卿請這位倪老爹上酒樓吃飯，閒談間不禁問道：「我看老爹像個斯文人，怎麼會做這種修補樂器的事？」

倪老爹嘆了一口氣，「唉，老實說吧，我從二十歲上進學，到今天已經做了三十七年的秀才。壞就壞在讀了幾句死書，拿不得輕，又負不得重，一天比一天窮，再加上兒女又多，只好藉這項手藝來餬口，這原來也是不得已的事。」

鮑文卿沒想到倪老爹原來竟是秀才，嚇了一跳，又關心的詢問家中的情況，有幾位相公？

倪老爹說：「老妻還在。以前是有六個小兒，可是現在——也說不清楚了——」

鮑文卿感到非常疑惑，「這是什麼意思？」

倪老爹默然，不一會兒竟淒然垂下淚來。

鮑文卿又斟了一杯酒，遞給倪老爹，真誠的說：「老爹，您有什麼心事，不妨和在下說，也許我還可以替您分憂。」

倪老爹重重的嘆了一口氣，「唉，不瞞您說，我本來是六個兒子，可是死了一個，現在又只有老么在家裡，另外那四個……」

倪老爹哽咽著，說不下去。

鮑文卿聽得愈發的心急，「那四個怎麼了？」

「那四個——」倪老爹頓了一下，才艱難的開口，「因爲家裡實在太窮，如果把他們留在身邊，注定都要餓死，所以——我只好把他們都賣到他州外府去，至少還給他們留一條生路——」

鮑文卿得知倪老爹家中這種慘況，難過得流下淚來。

不料，倪老爹又垂淚道：「這個老么，看樣子恐怕也留不住，也要賣給別人——」

鮑文卿想了一想，收起感傷，對倪老爹說：「如果您不嫌棄我是幹這行的，不如把您的老么過繼給我吧！我今年四十多歲，生平只有一個女兒，還沒有兒子，我保證將您的么兒視如己出，把他撫養成人。過繼時，我照樣送您二十兩銀子，今後逢年過節，他都可以回您這裡來，而且將來您的經濟情況好轉了，我就把他送還給您，您看怎麼樣？」

倪老爹十分驚喜，激動的說：「如果這樣，您就是我們父子的救星了，我怎麼可以還要您的銀子？」

鮑文卿堅持道：「這是哪裡話？二十兩銀子當然是一定要送過來的。」

就這樣，幾天之後，鮑家準備了一桌酒席請倪老爹，倪老爹帶了小兒子倪廷璽過來；雙方慎重其事立了一份過繼書，還請了兩個鄰居在文書上畫押。

從此，倪廷璽就改名爲鮑廷璽，倪鮑兩家也來往不絕。

鮑廷璽聰明伶俐，鮑文卿總說廷璽是正經人家的兒子，非常疼愛他，甚至比自己的親生女兒還疼些，也不肯叫他學戲，還送他去讀了兩年書，幫著當家管班。

廷璽十八歲那年，倪老爹去世了，鮑文卿又拿出幾十兩銀子來替倪老爹料理後事，同時，不僅自己一連去哭了幾場，還叫兒子廷璽依然去替倪老爹披麻戴孝，送倪老爹入土。

左右鄰居們都說鮑文卿眞是一個難得的好人。

杜慎卿和杜少卿的故事

杜倩，字愼卿，家住南京，是江南數一數二的才子，特別是在詩賦方面，有相當不凡的造詣。

有一次，他在文友家，見到文友蕭金鉉一首詩作；那是蕭金鉉日前在烏龍潭春遊時所作。

杜愼卿看了，點點頭說：「詩句還挺清新的。」

蕭金鉉深知杜愼卿很懂得詩，立刻說：「小弟拙作，還要請先生指教。」

杜愼卿說：「如不見怪，小弟倒是有一句無知之言；詩以氣體爲主，您這兩句——『桃花何苦紅如此，楊柳忽然青可憐』會不會太刻意了？何況上一句，只要添一個字——『問』，『問桃花何苦紅如此』，便是《賀新涼》中的一句好詞，可是您如今去了那一個『問』字，拿來作詩，下面又強對了一句，便讓人覺得索然寡味了。」

一番坦率的批評，把那蕭金鉉說得透身冰冷，無地自容。

又有一次，爲了禮尚往來，趁著家裡牡丹盛開，杜愼卿特別請了諸葛天申、季恬逸和蕭金鉉等三個文友到家裡來賞花小聚。三個文友都非常高興的應邀前來。杜愼卿準備了永寧坊上好的橘酒、用雨水煨的六安毛尖茶，以及豬油餃餌、鴨子肉包的燒賣、鵝油酥、軟香糕等豐盛的點心，著實好好款待了文友。

席間，蕭金鉉提議道：「今日對名花，聚良朋，不可無詩；我們也來即席分韻怎麼樣？」

杜愼卿卻不贊成，笑著說：「先生，這是現在詩社裡最老套的活動了，看起來好像很雅，可是『雅』得這麼俗，依小弟的意見，還是免了吧，還是以淸談爲妙。」

說得蕭金鉉又是面紅耳赤，怪不好意思的。

杜愼卿不僅風雅，也挺淸高，常常說他最討厭「開口就是紗帽」的人，說明了他對於做官實在沒有多大的興趣。

不過，這麼一個大體上還挺不同於流俗的文人雅士，仍然不能免俗的會做納妾這樣的俗事，而且，正因爲有意納妾，有一回還被文友戲弄了一番。

文友之中，杜愼卿與季葦蕭最要好。那天，季葦蕭在杜愼卿家中閒聊，正等著要吃飯的時候，一個小廝進來報告：「沈媒婆在外面，等著要回老爺的話。」

杜愼卿吩咐小廝：「你就叫她進來吧。」

不一會，小廝出去領了沈大腳（一般人對於沈媒婆的稱呼）進來，杜愼卿叫小廝端了一張凳子讓她在底下坐著。

沈大腳看看季葦蕭，用討好的口氣問道：「這位老爺是——」

「這是安慶的季老爺，」杜愼卿說：「我託妳的事怎麼樣了？」

沈大腳說：「我正是爲這個事來的呀！老爺一把這件

事託了我，我馬上就把一個南京城走了大半個，因爲老爺的相貌實在是太好了，若是長相一般的姑娘實在是配不上，我看了不知道有多少個姑娘，都不敢來向您報告。幸虧我留神打聽，終於打聽到這位姑娘，住在花牌樓，姓王，今年十七歲，家裡開著機房……」

所謂「機房」，是指紡織綢緞的作坊。

沈大腳把那姑娘的容貌吹了半天，甚至說：「不要說這姑娘長得標致，這姑娘還有個兄弟，小她一歲，若是妝扮起來，淮清橋有十班的小旦，也沒有一個賽得過他！哎呀，反正這姑娘的容貌眞是沒得挑剔，請老爺去看看吧。」

杜愼卿說：「既然如此，也罷，妳叫她收拾收拾，我明天就去看。」

沈大腳滿口答應的去了。

她一走，季葦蕭便對杜愼卿說：「恭喜納寵。」

沒想到，杜愼卿居然愁眉苦臉的說：「先生，別取笑

我了，這其實也是爲了傳宗接代的大事，無可奈何，否則我怎麼會做這樣的事？」

季葦蕭笑著說：「才子佳人，及時行樂，這也是人之常情，無可厚非，先生爲什麼反而會這麼說？」

杜愼卿說：「唉，你說這話就太不了解我了，女人哪有一個好的？依小弟的性情，只要和女人隔著三間屋就會聞到她的臭氣，哪裡還會想要與她親近？」

季葦蕭覺得杜愼卿的言論偏激怪異，正想再問，忽然又有一個小廝手裡拿著一個帖子走進來，說外面有一位姓郭的蕪湖人來拜見。杜愼卿雖然並不認識對方，但還是決定接見，就叫小廝請那人進來。

那人是在寺門口開一家圖章店的郭鐵筆，刻了兩方圖章，放在一個漂亮的錦盒裡，特地來送給杜愼卿，一進來，作了揖之後，就向杜愼卿說了許多仰慕的話。

「尊府是一門三鼎甲、四代六尚書，門生故吏，天下都

散滿了；督、撫、司、道，在外頭做，不計其數，就是管家們出去，做的也都是九品雜職官……我們從小就聽人家說，天長杜府老太太生的這位太老爺，是天下第一個才子，轉眼就是一個狀元……」郭鐵筆滔滔不絕的說了一大堆，好不容易才從袖子裡把裝有精緻圖章的錦盒拿出來，必恭必敬的送給杜慎卿。

杜慎卿接受了他的禮物，又說了些無關痛養的話，然後才起身送他出去。

送客完畢，杜慎卿對季葦蕭說：「這人一見到我，爲什麼就說了那麼多肉麻討厭的話？不過，關於我們家的情況，他倒是沒說錯，也幸虧他打聽得這麼清楚。」

季葦蕭說：「尊府的事，誰不知道？」

這時，已到了用餐時間，小廝擺上酒菜，兩人一邊談心，一邊吃吃喝喝。喝了好幾杯之後，杜慎卿在有些微醉的情況下，不覺長長的嘆了一口氣道：「唉，想來從古至

今，世人唯一打不破的就是一個『情』字！」

季葦蕭說：「咦，人情無過男女，可是你剛才不是說你對這些事沒有興趣？」

杜愼卿笑道：「長兄，難道人情就只有男女嗎？在我看來，朋友之情，更勝於男女！難道你忘了『鄂君繡被』的故事嗎？」

那是指從前楚國貴族鄂君子晳，有一次與一個男性歌手泛舟出遊時，與那歌手同榻而臥，還用自己的繡被爲那歌手覆蓋。（後來世人常常用這個故事來形容男子同性戀。）

杜愼卿又繼續說：「據小弟看來，千古只有一個漢哀帝要禪天下給董賢的故事，是發乎至情，令人感動，可惜沒人能懂，也沒人能夠欣賞……」

季葦蕭問道：「吾兄生平可曾遇過一個知心情人嗎？」

「唉！」杜愼卿又嘆了一口氣，「假如天底下果眞有這

麼一個人，又願意與我同生同死，小弟就不會這樣多愁善感了！只可惜我太沒有福氣，始終遇不到一個知己，所以才會經常對月傷懷，臨風灑淚……」

「要找知己還不簡單？到梨園中去找就是了。」

「長兄，你這話就更外行了！想要在梨園中找知己，不是就像要在青樓中找一個情種似的不可行？何況這種事本來就應該是相遇於心腹之間，相感於形骸之外，這才是天下第一等人！不過——」

杜慎卿說著說著竟拍膝嗟嘆道：「天下是找不到這麼一個人了！老天爺顯然是要辜負我萬斛愁腸，一身俠骨了！」

說罷，居然還激動的流下淚來。

季葦蕭看他這模樣，忍住笑，故意對他說：「你也別說天下眞沒有這樣的人，小弟就曾遇見過一個少年，不是梨園，也不是我輩，而是一個道士；這人長得眞好，確實

是一個美男，可是又不是那種脂粉氣很重、長得像女人的那種人。我最討厭別人稱讚美男子，總要動不動就說他長得像女人，這眞是可笑！如果要找長得像女人的男人，何不乾脆去看女人算了？我認爲應該有另外一種美男子，只是一般人都不知道。」

杜愼卿一聽，立刻來了精神，拍案道：「你這話說得好極了！快說說那少年是一個什麼樣的人？」

「他才貌雙全，實在是太出色了，有多少人想與他來往，他卻都不肯輕易答應；不過我知道他非常愛才，我相信他一定會願意與長兄往來的。」

杜愼卿大有興趣，立刻說：「太好了，你什麼時候能夠約他來？」

季葦蕭笑道：「他如果一約就來，也就不稀奇啦，長兄如果眞想會會他，恐怕還得自己去拜訪他才行。」

「好啊，」杜愼卿也不端架子，馬上就問：「他住在哪

裡？」

「神樂觀。」

「他姓什麼？叫什麼名字？」

季葦蕭神祕一笑，故作玄虛道：「我看哪，我現在最好還是先不要告訴你他的名字，否則萬一走漏了風聲，被他知道了，他就會故意躲開，到時候你還是會不著。」

「那怎麼辦？」杜慎卿挺著急。

「我把他的名字寫在紙上，包起來，交給你，隨便你什麼時候要去找他，只要帶著，等你到了神樂觀門口，才許拆開來看，看過就直接進去找，一找就會找到的。」

「好罷，」杜慎卿無可奈何，「也只好這樣了。」

於是，季葦蕭就走進書房，把房門關上，寫了半天，封得嚴嚴實實，封面上還頑皮的草寫了「敕令」兩個字，才拿出來交給杜慎卿，並且一本正經的說：「我先走啦，等改天你會過了妙人，我再來恭賀你。」

杜慎卿送季葦蕭出去，才剛轉身回來，就立刻吩咐小廝：「你明天一早去回一聲沈大腳，說我明天沒空去花牌樓看那家女兒，要到後天才去。還有，明早叫轎夫，我要到神樂觀去看朋友。」

第二天，杜慎卿一早起來，細細的盥洗了一番，換了一套新衣服，還遍身都熏了香，然後將季葦蕭寫的東西放在袖子裡，坐著轎子就直奔神樂觀。

轎子在神樂觀門口停下來，杜慎卿自己步行走進山門，從袖子裡取出紙包來拆開一看，只見上面寫著：「至北廊盡頭一家桂花道院，找一位揚州新來的道友來霞士便是。」

杜慎卿看罷，便大步往裡頭走。走了沒幾步，便聽見裡面一派鼓樂之聲，原來是有一個穿著蟒袍的太監正坐在大廳裡看戲；杜慎卿瞧了一下，看到左邊一排板凳上坐著十幾個唱生旦的戲子，右邊一排板凳上則坐著七、八個年少的小道士，都正在那裡吹唱取樂。

「來霞士會不會剛好也在這裡頭？」杜慎卿猜想著，仔細把那些小道士一個個的看過來，但不見一個出色的，再回頭看看那些戲子，也很平常，因此又想：「不，來霞士是不會跟這些普通人混在一起的，我還是到後面的桂花道院去問問。」

不久，他來到桂花道院，敲開了門，道人請他在樓下坐著。

杜慎卿說：「我是來拜訪揚州新到來的老爺。」

道人說：「哦，來爺在樓上。老爺請坐，我去請他下來。」

過了一會兒，只見從樓上下來了一位至少有五十多歲的肥胖的老道士。這老道士頭戴道冠，身穿沉香色直裰（道袍），容貌真是不敢恭維——臉很黑，鼻子很大，兩道濃眉，還有滿嘴的鬍鬚。

杜愼卿心想：「這一定是來霞士的師父。」

老道士作揖奉坐道：「請問老爺尊姓貴處？」

一得知杜愼卿來頭不小，老道士分外殷勤，還連連好似受寵若驚道：「應該是小道先來拜謁老爺，怎麼反而有勞老爺降臨？」

說著，還立刻叫道人快煨新鮮茶來，以及快捧出果碟。

杜愼卿勉強應酬了幾句，實在是忍不住了，便問：「有位來霞士，是令徒？還是令孫？」

萬萬沒想到，那老道士竟然說：「小道就是來霞士。」

杜愼卿大吃一驚，愣了一下，才說：「哦，原來你就是來霞士！」

話剛出口，就忍不住拿衣服掩著口笑。來霞士的臉上有些迷惑的神情，一點也不明白杜愼卿在笑什麼。

杜愼卿倒是當下立刻就會意過來，自己是被那可惡的

季葦蕭給耍啦！

事後，季葦蕭居然還嘻皮笑臉的振振有辭道：「我本來就說他是一個美男子，而且還特別強調不是那種長得像女人的美男子，難道你覺得我說錯了嗎？」

◎ ◎ ◎

杜慎卿家一共是七大房，做過禮部尚書的太老爺是他們五房的，七房的太老爺是中過狀元的，後來一位大老爺，做江西贛州府知府，是杜慎卿的伯父；贛州府的兒子，是杜慎卿第二十五個兄弟，名叫儀，號叫作少卿，只比杜慎卿小兩歲，也是一個秀才。

杜慎卿和杜少卿在大江南北都挺有名氣，因爲，他們家雖然有六、七十個兄弟，卻只有他們兩個招接四方賓客，其餘的都閉門在家，守著田園做舉業，一心想早日中一個狀元。

在一般人的心目中，杜愼卿是一個雅人（雖然也有些人嫌他帶著些姑娘氣），杜少卿則是一個豪傑。特別是杜少卿樂於助人，出手又極爲大方，簡直是完全不把銀子當銀子。

當然，這也使得他這個人在世人心目中的評價很有爭議性。

欣賞他的人，說他淡泊名利，寧靜高遠，就連朝廷徵辟他，他都不去，認爲做官哪有整天自由自在的遊山玩水來得快活；如此瀟脫，實在是從古至今極爲難得出眾的一個奇人！

對他不以爲然的人，則說他是杜家第一個敗類！他家祖上幾十代行醫，廣積陰德，家裡也掙了許多田產，後來發達起來，還做了幾十年的官，到了他父親那一代，還有本事中個進士，做一任太守……不過，批評杜少卿的人，總是不忘批評他的父親其實已經是一個呆子，做官的時候，完全不曉得敬重上司，只一味希望老百姓說他好，還整天講那些「敦孝悌，勸農桑」的呆話！很多人都說，那些話只不過是教養題目文章裡漂亮的詞藻，說說罷了，怎麼會有人竟然拿著當了眞？弄得上司很不高興，把一頂好好的烏紗帽給弄掉了。而到了杜少卿，就更是呆得不像話，出手闊綽，胡亂助人，所來往的盡是些和尚、道士、工匠之流的人，沒一個正經人……

那些批評他的人，甚至在教子弟們念書的時候，都經常引他爲戒，甚至還在讀書的桌子上貼一張紙，上面寫著——「不可學天長杜少卿」！

不管怎麼說，杜少卿在不到十年之間，把六、七萬銀子的家產弄得精光，倒是一個不爭的事實。後來，他在天長縣待不下去，就帶著妻子搬到南京城來住。

到了南京之後，杜少卿的日子還是過得挺瀟灑，每天就是和妻子到處遊玩。杜少卿常說，只要夫婦倆都不把功

名富貴放在心上，只知道彈琴飲酒，知命樂天，這便是三代以上修身齊家的君子。

在南京，杜少卿當然也結交了不少名士。有一天，文友遲衡山邀杜少卿到家中品茶，閒談中拿出一個手卷，愼重其事的對杜少卿說：「有一件事，一定要與先生商量。」

「什麼事？」

「我們這南京，古今第一賢人是吳泰伯……」

吳泰伯，就是泰伯，是春秋時周太王的長子，當年因爲避免王位之爭，和弟弟仲雍一起出奔江南，後來受到當地老百姓的擁戴，建立了吳國。

遲衡山繼續說：「想想文昌殿、關帝廟幾乎到處都有，而吳泰伯卻連一個專祠也沒有，小弟認爲實在是不妥，所以小弟的意思，是想約幾個朋友，大家共同捐一點銀子，蓋一座泰伯祠，以後每逢春秋兩仲用古禮樂致敬，藉此大家學習禮樂，成就出一些人才，也可助一助政教，

不過，要建造這祠，至少需要幾千金，因此，我特別裱了一個手卷，願意捐的就寫在上面。少卿兄，你願意出多少？」

杜少卿高興的說：「這是好事，應該的，應該的！」他接過手卷，沒有考慮太久，就放開寫道：「天長杜儀捐銀三百兩。」

由此可見，難怪大家會把杜少卿稱爲「豪傑」；他的豪舉，從建造泰伯祠這件事上就可見一斑了。

虞育德的故事

應天蘇州府常熟縣有一個小鄉村，鎮上有兩百多戶人家，都是務農爲業。只有一位姓虞，在成化年間，讀書進了學，做了三十年的老秀才，長年在鎮上教書。

儘管小鎮距離城裡不過只有十五里，但是虞秀才平常幾乎足不出戶，除了應考，根本不會到城裡去。

虞秀才享年八十多歲。他的兒子不曾進過學，但也是一直以教書爲業。到了中年，因爲還沒有子嗣，夫婦倆就一起到文昌帝君的面前，誠心誠意的去求子。

當天晚上，虞夫人夢到文昌帝君親手遞了一張紙條給她，上面寫著《易經》上的一句話：「君子以果行育德」。虞夫人立刻就有了身孕，十個月之後，就生下了一個男孩。夫婦倆自然是非常高興，把這個男孩取名爲育德，字

果行，長大成人之後，因爲德行和學問都很高、都很令人佩服，別人都稱他爲虞博士。

虞博士三歲的時候，不幸喪母，父親在人家教書，就把他順便帶在館裡。虞博士六歲啓蒙，他天資聰穎，是一個很有慧根的孩子。

虞博士十歲那年，鎮上有一位姓祁的祁太公，請虞博士的父親去教自己的兒子念書，父親還是把虞博士一併帶了去。

四年之後，父親病逝，臨終之前把十四歲的虞博士託給祁太公照顧；祁太公當場就對虞博士的父親說：「虞小相公與一般的孩子不同，以後我就請他做先生，來教我兒子讀書。」

於是，父親一過世，虞博士馬上就「子承父業」，成爲祁太公九歲兒子的老師，繼續留在祁家教書。

除了教書，虞博士也不忘要繼續充實自己。常熟本來就是一個有很多文人雅士的地方，當時有一位雲晴川先生，古文詩詞更是公認的天下第一；虞博士在十七、八歲的時候，就隨著雲晴川學習詩文。

雲晴川先生對虞博士很好，很關心他，曾非常誠懇的對他說：「虞相公，你是一個寒士，如果只學這些詩文，對你的生活恐怕沒有多大的幫助，還是要學兩件能夠保障生活的本事；我所懂得的關於風水、算命和擇日的道理，都已經教給了你，你一定要用心學習，留著作爲救急之用。」

虞博士非常謙虛的接受了老師的忠告。

祁太公也一直都很關心他，建議道：「你還應該去買兩本對應考有用的書來讀一讀，將來出去應考，進了學，教書的生意也會比較好。」

虞博士也接受了祁太公好心的建議。虞博士二十四歲的時候，出去應考，順利進了學。次年，二十里外楊家村一戶人家請虞博士去教書，說好每年付虞博士三十兩銀子。

又過了兩年，祁太公又提醒虞博士：「當初你父親還在世的時候，曾經替你定下黃府的親事，現在也該迎娶了。」

虞博士想想也是，就把當年所剩下的十幾兩銀子，再向楊姓人家預支了十幾兩，就這樣娶了親。婚後，夫婦倆短暫的借住在祁家，滿月之後，就一起到楊姓人家去了。

虞博士認認眞眞的又教了兩年書，積攢了二、三十兩銀子，便在祁家旁邊找了一棟四間屋搬了進去。他們的生活相當儉樸，只雇了一個小小廝，在家中幫幫忙，譬如要經常跑到三里路外的小鎮上去買些柴、米、油、鹽和小菜之類。

夫妻倆生兒育女之後，家中經濟日益拮据，偏偏虞夫人的身體又不好，經常生病，可是虞博士教書所掙的銀子還不夠買藥，好長一段時間，家中每天都只能吃三頓白粥。所幸虞夫人的身子總算慢慢的好了起來。

不過，儘管生活有些清貧，夫妻倆還是相敬如賓，和和氣氣的過日子。

虞博士三十二歲這一年，教書的工作突然沒了。虞夫人憂心忡忡道：「今年該怎麼辦啊？生活費全沒著落了！」

虞博士卻還是很沉得住氣，安慰妻子道：「別著急。我自從出來教書，每年大約都有三十兩銀子；假如某一年原本正月裡說定只有二十幾兩，我心裡著急，怕掙的銀子不夠，到四、五月的時候，就會突然添了兩個學生，或是有人來請我看文章，意外多掙了幾兩銀子，那一年的所得就剛好又是三十兩；同樣的，假如某一年在正月裡多得了幾兩銀子，不久家裡一定會有什麼突發事故，剛好又把那幾兩銀子給用完了，可見這其中有一個定數，我們暫且不必管他。」

果然，過了沒多久，祁太公就來說，遠村有一個姓鄭的人家請他去看葬墳，虞博士立刻帶著羅盤，盡心盡力的替人家看了地。等到一切處理完畢，鄭家爲表示感激，酬謝了虞博士十二兩銀子。

（當初雲晴川先生要虞博士潛心學習看風水、算命和擇日的學問，作爲生活的保障，果然很有遠見！）

虞博士得了十二兩，叫了一條小船回家。途中驚見有人跳河，虞博士嚇了一大跳，立刻叫船家把那人救上來，悉心照顧，並且關心詢問跳河的人爲什麼要尋短見？

那人是一個年輕人，流著淚說，他是一個種田的，近日收成都被地主強行運走了，以至於最近父親病故，他竟然連爲父親買一口棺材的錢都沒有……」

年輕人大哭：「想想我這樣的人還活在世上做什麼？不如死了算了！」

虞博士說：「這是你的孝心，可是尋死也不能解決問題……」

他誠心想幫助這年輕人度過難關，就立刻從行李拿出銀子，秤了四兩，交給年輕人道：「我這就算是拋磚引玉，你拿回去和親戚鄰居們說說，我相信大家一定會願意幫你安葬了父親。」

年輕人接著銀子，感激莫名，不斷拜謝道：「請問恩人尊姓大名？」

「我姓虞，別講那麼多了，趕快去處理你的事吧。」

年輕人拜謝離去。虞博士回到家，這年下半年他又在祁太公家教書。年底夫婦倆生了一個兒子。由於感念祁太公長久以來對自己的諸多幫助，虞博士特別將兒子命名為感祁。

虞博士一連又教了五、六年的書，四十一歲這一年，準備鄉試。祁太公為他送行時，忍不住說：「虞相公，我看你今年是一定會高中的。」

「哦？」虞博士微笑道：「何以見得？」

「因爲你做了不少好事，積了不少陰德呀！老天爺一定會保佑你的。」

「老伯，您過獎了，我哪有什麼陰德？」

「當然有啊，比方說你幫人家看風水，替人葬墳，都是眞心實意，還有，我聽說你還曾經在半路上救過一個沒錢葬父的年輕人……」

「哦，您是說那件事啊，」虞博士笑著說：「所謂陰德，應該是做了好事可是別人不知道，現在老伯都知道了，怎麼還能算是陰德呢？」

祁太公仍然說：「不，這當然還是陰德，你今年一定會中。」

結果，虞博士果然中了。接著，繼續準備上京會試。可惜沒有中進士。不過，這一趟出門，倒也結識了不少文友，大家對於文章品行具高的虞博士都很佩服，有的還願

拜為弟子。

當時正值天子求賢。有一個名叫尤資深的人，慫恿虞博士不妨拜託一位巡撫康大人在天子面前推薦自己。

虞博士笑道：「這徵辟之事，我是不敢當的，何況康大人如果要推薦人，也得依康大人自己拿主意，我如果去求康大人，這就不是品行了。」

尤資深說：「沒關係的，只要康大人肯在皇上面前推薦老師，到時候老師或是要見皇上，或是不見皇上，辭了官爵回來，都可以再說，反正都可顯出老師的不凡與高明。」

虞博士說：「你這話就說得更不對了。我如果現在去求康大人推薦我，等推薦了我到皇上面前，我又辭了官不做，那豈不是求康大人推薦不是眞心，辭官又不是眞心，那這究竟叫作什麼？」

說罷，哈哈大笑，根本不把這件事放在心上。

虞博士在異地他鄉生活了兩年多，又進京會試，可是還是沒中，他就上船回到江南，依然從事教書的工作。

又過了三年，虞博士五十歲了，再度進京參加會試。這一回如願中了進士，殿試在二甲。朝廷要將他選做翰林。天子看見他的履歷，就說：「這虞育德年紀老了，派他去做一個閒官罷。」

當下就補了南京的國子監博士。

其實，那些進士很多都至少五十歲了，也有六十歲的，只是大家在履歷上都不會寫上眞實的年紀，只有虞育德老老實實的寫著自己的眞實歲數，所以才會讓天子覺得他年紀已老。

不過，補了南京的國子監博士，虞育德倒非常高興的說：「好啊，南京是好地方，有山有水，離我家鄉又近，我可以把妻兒老小都接來一起團圓，比做一個窮翰林要強得多！」

虞博士在南京，又認識了很多文人雅士，譬如杜少卿、莊紹光等等，大家相濡以沫，時常往來。虞博士與莊紹光特別投緣，一見如故；虞博士欣賞莊紹光恬適的性格，莊紹光則欣賞虞博士的渾雅，兩人結爲性命之交。

這一年，南京眾多文人雅士合建的泰伯祠完工，商議該如何祭泰伯祠的時候，大家都說，既然泰伯祠祭的是一個大聖人，擔任主祭的也應該是一個聖賢之徒，方爲不愧，結果，大家很快的就不約而同的想到了虞博士，認爲虞博士是眾望所歸的第一人選。由此也可見虞博士多麼受到大家的敬重。

莊紹光的故事

在南京北門橋有一棟坐北朝南的門面房子，主人姓莊，名尚志，字紹光，是南京累代的讀書人家。

莊紹光是一個有名的大才子，在十一、二歲的時候就會做長達七千字的賦，聞名天下。在他快要滿四十歲的時候，已經名滿一時，可是他性格恬淡，也不喜歡熱鬧，終日只是閉戶讀書，不肯妄交一人。

這一年，由於天子向天下廣徵人才，禮部侍郎徐穆軒先生，在天子面前推薦了莊紹光，天子便指名要見。這在一般人的眼中，是何等榮耀的事，甚至還很有可能因此飛黃騰達，可是莊紹光卻泰然處之，毫無激動的情緒。

臨行前夕，妻子置酒爲他餞行，忍不住問道：「你平常從不肯輕易出門，怎麼今天一聽說天子召見就立刻去了？」

莊紹光聽了，也不惱怒，只是微笑的解釋著：「我們畢竟不是山林隱居，既然奉旨召我，君臣之禮是傲不得

的，當然得去，但是妳放心吧，我去去就回來，多則三月，少則兩月，我絕不會被老萊子之妻所恥笑的。」

據說，從前楚王聽說隱士老萊子是大賢，想重用他，老萊子的妻子就向丈夫大談「伴君如伴虎」的道理，力勸丈夫還是別去，後來，老萊子接受了妻子的忠告，夫妻倆遂逃避江南，隱居不出；如今莊紹光引用這個典故，自然是想藉機向妻子說明自己絕對無意於仕途。

翌日，應天府的地方官本來想爲莊紹光舉行一個隆重的歡送儀式，一大早就派人來催莊紹光去出席儀式。但是莊紹光不願意如此大張旗鼓，早已悄悄叫了一乘小轎，帶了一個小廝，還有一個挑夫負責挑了一擔行李，早早就從後門出漢西門去了。

莊紹光從水路過了黃河，雇了一輛車，曉行夜宿，一路來到山東地方。在山東某地的樹林裡，竟然碰上了響馬，所幸只是虛驚一場，並無大礙。

總算來到了京城，在天子面前推薦他的徐侍郎親自前來迎接安頓，並表示天子恐怕三、五日之內就要召見他。

接下來，在經過一連幾天的繁文縟節之後，莊紹光終於被安排在嘉靖三十五年十月十一日那天，蒙天子召見。

徐侍郎把莊紹光送至午門，然後與莊紹光別過，在朝房候著。莊紹光獨自走進午門。

一進午門，只見兩個太監，牽著一匹御用的馬，請莊紹光上去騎著；唯恐莊紹光不擅騎馬，兩個太監還特別為他跪著墜蹬，等到莊紹光坐穩了，才小心謹慎的籠著韁繩，慢慢的走過了乾清門。

來到宣政殿的門外，莊紹光下了馬。殿門口又有兩個太監，傳旨出來，宣莊紹光進殿。

莊紹光屏息進去。天子便服坐在寶座上，儀態莊嚴，莊紹光上前恭恭敬敬的朝拜。

天子說：「朕在位三十五年，很幸運的在天地祖宗的保佑之下，海內升平，邊疆無事，只是老百姓的生活似乎仍有所不足，士大夫也未見能行禮樂，今天特別請先生來，就是希望能就教養問題好好的請教先生，請先生盡心盡力的爲朕籌畫，知無不言，言無不盡，千萬不必有所顧忌。」

莊紹光正要奏對，卻不知道怎麼搞的，頭頂心裡忽然一陣劇痛，在疼痛難忍的情況之下，只好說這個問題他得仔細思考一番之後，才能向天子稟報。

天子似乎有些失望，但也沒有辦法，只好說：「既然如此，那今天就作罷。」

說罷，便起駕回宮。

莊紹光出了勤政殿，太監又籠了馬來，一直送出午門。徐侍郎看到他這麼快就出來了，似乎挺意外，但也沒說什麼，只是默默的和莊紹光同出朝門。

莊紹光回到住家，立刻除下頭巾，竟赫然發現頭巾中

藏著一隻蠍子！怪不得方才他會突如其來的疼痛難忍，原來是這隻蠍子在螫他！

好端端的，頭巾裡怎麼會有一隻蠍子呢？莊紹光心知肚明，一定是有人嫉妒他，阻止他在天子面前表現，以防他受到天子的重用，但他也只是淡淡的一笑置之。

次日起來，莊紹光焚香洗手，懷著虔敬的心，卜了一個卦，卦上顯示「天山遁」，按照解釋，卜得此卦，凡事都應退讓不前；莊紹光認爲既然天意如此，便一方面把有關教養的事，細細做了十策，一方面也寫了一道「懇求恩賜還山」的本，從通政司一起送了進去。

從此，九卿六部的官，都風聞莊紹光博學多才，一個接一個的紛紛前來拜望請教，弄得不諳官場文化的莊紹光很不耐煩。

有一位大學士太保公探聽到皇上似乎挺欣賞莊紹光，便託徐侍郎轉告莊紹光，說自己有意將莊紹光收爲門生；

表面上這是太保想向莊紹光表示敬重之意，實際上是想日後萬一莊紹光果眞受到皇上的重用，自己若是他的老師，自然也可抬高不少身價。

誰知莊紹光竟然拒絕了太保的「好意」，太保非常不高興，認爲莊紹光不通人情，暗暗打定主意，只要一有機會，一定要好好的整整莊紹光，讓莊紹光爲自己的狂妄無禮付出代價！

過了幾天，天子剛巧對太保說：「莊尙志所上的十策，朕都仔細的看了，果然是學問淵博，不同一般。朕頗想重用他，你覺得如何？」

這下子，太保報復的機會來了，便假裝十分客觀且平靜的說：「莊尙志確實是才華出眾，令人佩服，可是他畢竟不是進士出身，如果破格提升，我朝祖宗似乎沒有這種法度吧？……」

天子想想，太保的顧慮也不無道理，嘆息了一會兒，還是命人傳旨，說准許莊尚志還山，並且不但賜他五百兩銀子，還將南京元武湖也賜給他，讓他專心著書立說，歌頌太平盛世。

接過聖旨，莊紹光到午門謝了恩，辭別徐侍郎之後，就立刻收拾行李，踏上返鄉之路。原本滿朝文武都想來為他餞行，莊紹光都非常堅決的辭了，依舊叫了一輛車，出了彰儀門，迫不及待的回南。

那天天氣寒冷，莊紹光因歸心似箭，多走了幾里路，到了天黑，找不到可以投宿的客棧，只好走小路到一戶人家去借宿。

那戶人家是一間草房，裡面只點著一盞燈。

一個六、七十歲的老人家站在門口。莊紹光客客氣氣的上前行禮，向老人家表示想借宿，並主動表示將拜納房金。

老人家說：「出門在外的人，誰會頂著房子走？借住是沒有關係的，只是我家很小，只有一間房，平常是我們夫妻倆住著，都有七十多歲了，今天早上老妻突然不幸死了，我沒錢買棺材，只好先將她停屍在屋裡，恐怕沒有地方讓先生住，何況先生還有車子，怎麼放得進來？」

莊紹光說：「沒有關係，我只希望藉一席之地，將就過一夜就好了，車子就停在門外罷。」

老人家說：「既然先生不介意，那今天晚上就將就一下和我同床睡吧。」

「也好，那就太謝謝您了。」

莊紹光吩咐好車夫和小廝，叫他們睡在車上，自己則跟著老人家走進那間草房。一走進去，就看見那老婦人的屍首直僵僵的停放著，旁邊有一個土炕；這就是兩位老人家睡了幾十年的床了。

莊紹光見了老婦人的屍首，倒也不怕，若無其事的鋪下行李，讓老人家睡炕裡邊，他自己則睡在炕外邊。

也不知道是不是因爲想到馬上就可以回家，心情頗爲激動，莊紹光躺下之後，竟一直翻來翻去，好像怎麼也睡不著。到了三更半後，發生了一件不可思議的怪事——那死屍竟然慢慢的動了！

莊紹光嚇了一大跳，先是以爲一定是自己看走眼了，可是定睛再看——沒錯！死屍竟然真的在動！動作還愈來愈大，愈來愈明顯，好像馬上就要坐起來了！

「這人活了！」莊紹光這麼想著，立刻動手去推身旁的老人家，可是重重的推了好幾下，老人家竟一點也推不醒。

莊紹光感到很納悶；照說年紀大的人，睡眠意識應該都很淺，也就是說應該都睡得很警醒才對，怎麼這位老人家竟睡得這麼沉，推了半天也推不醒？

他坐起來，朝老人家看過去，這才赫然發現老人家的嘴裡只有出的氣，沒有進的氣，原來早就死了！

再趕緊回頭看那老婦人——哎呀！她已經站起來了，直著腿，還翻著眼白，眼睛瞪著大大的，模樣十分恐怖！

莊紹光總算明白過來，這老婦人並不是又活過來，眼前這番景象純粹是屍變！

莊紹光慌了，但也幸虧他動作快，立刻拔腿奪門而逃，然後大聲叫醒車夫和小廝，大家一起用車子擋住門，不放那個殭尸出來。

這時，莊紹光在恐懼之餘，不禁也懊惱著：「唉，我如果是坐在家裡，不出來走這一趟，就不會受這麼一場虛驚了……」

但轉念又想：「其實，生死亦是常事，想來我到底是修養不夠，才會怕成這個樣子……」

這麼一想之後，心情果然平靜很多，不怕了。他定了定神，就一直坐在車子上。

等到天亮，屍變的老婦人重新倒了下來，莊紹光看到

草屋裡橫躺著兩具屍首，不勝感傷的想著：「唉，這兩位老人家竟然就窮苦到這種地步！雖然我只不過是在這裡借住一宿，可是如果我不埋葬了他們，誰會埋葬他們？」

於是，就好心拿出幾十兩銀子，叫車夫和小廝去買了兩具棺木，並雇了些人手，辦了兩位老人家的喪事。

不僅如此，在埋葬了兩位老人家之後，莊紹光還買了些牲醴紙錢，又做了一篇文，並且灑淚祭奠。地方上的老百姓都大受感動，盛讚他實在是有情有義，不可多得。

接著，莊紹光又立刻踏上歸程。經過一番時日之後，終於回到了南京。

他叫人挑著行李，步行到家，拜了祖先，和妻子相見，笑道：「怎麼樣？我說多則三月，少則兩月就回來，沒說錯吧，我沒說謊吧！」

妻子也開心的笑了起來，當晚就備了酒菜，高高興興的為丈夫洗塵。

沈瓊枝的故事

沈瓊枝是常州人，母親很早就過世了，父親沈大年常年在外頭教書。她從小就挺喜歡看書，頗知文墨，針線活也做得很好。在她十七、八歲的時候，父親將她許配給揚州一個名叫宋爲富的鹽商，原本以爲是一樁挺不錯的婚事，沒想到後來事情的發展竟出人意料。

那天，父親親自送她到揚州，準備成親。父女倆先坐船，到了揚州之後，父親一上岸就叫了一乘小轎子抬著沈瓊枝，自己押著行李，到了缺口門，在大豐旗下店裡落腳。店裡的伙計一方面安頓他們，一方面立刻通報宋鹽商。

不久，鹽商宋爲富打發家人前來吩咐道：「老爺說現在就把姑娘抬到府裡去，沈老爺則就留在店裡住著，叫帳房好好的置酒款待。」

「什麼？」沈大年聽了，大吃一驚，轉身就跟女兒說：「我們本來說好了的，說我們到了揚州之後，先暫時在這家店裡住著，等著他擇吉過門，怎麼他忽然這麼大模大樣？——」

沈大年頓了半晌，皺著眉頭，頗爲惱怒的說：「看來他不是要把妳當正室，先前那番話竟是哄我的……女兒，這是妳的終身大事，妳自己也得拿拿主張。」

沈瓊枝也很生氣，就對父親說：「爹爹，你放心，你又沒拿他銀子，我家是嫁女兒，又不是賣女兒，我爲什麼要去給他做小？不過，現在他既然擺出這種排場，爹爹若是和他們吵鬧起來，反而會被外人議論，不如我就先依他們的安排，先到他們家，看他們怎麼待我，我會隨機應變的。」

在沈瓊枝的堅持之下，沈大年只得憂心忡忡的看著女兒妝飾起來，並且穿上大紅外蓋的新嫁衣，頭上還戴著鳳冠。沈瓊枝就這樣拜辭了父親，上了宋爲富派來的轎子。

轎子一路來到河下，進了大門。有家僕看見轎子進來，立刻趨前問道：「是沈新娘來了吧？請下了轎，走水巷裡進去。」

沈瓊枝一聽，非常光火。她一句話也沒說，下了轎，就徑自走到大廳上，一屁股坐下來，大聲對宋府的家僕說：「請你家老爺出來！我常州姓沈的，可不是什麼低三下四的人家！他既然要娶我，爲什麼不張燈結綵，擇吉過門，反而是這樣把我悄悄的抬了來，活像是娶妾，難道我父親和他講好是要讓我來做妾嗎？如果是，就叫他把我父親親筆寫的那份婚書拿出來給我看，我就無話可說！」

家僕們一聽，都嚇了一跳，也都覺得很詫異。有人趕緊慌慌張張的走到後面，去向老爺報告。

那宋爲富正在藥房裡看著藥匠弄人參，聽了家僕的報告，面子上很掛不住，紅著臉生氣道：「我們做生意的人家，一年至少也要娶七、八個妾，這有什麼稀奇，要是每一個都像這樣胡鬧，日子還要不要過？哼，她既然都來了，還怕她會飛到哪裡去！」

不過，躊躇一會兒，宋爲富還是決定先不要立刻來個硬碰硬，免得鬧得太難看，於是，便叫來一個小丫鬟，吩咐道：「妳去跟那新娘說，『老爺今天不在，請新娘權且進房，有什麼話，等老爺明天回來後再說。』——還有，妳去看看那新娘到底長得怎麼樣？」

小丫鬟來到沈瓊枝面前，把宋爲富交代的話照實說了，沈瓊枝心想：「也罷，坐在這裡也不濟事，不如先隨她進去吧。」

主意打定，便站起來，跟著小丫鬟走到大廳背後，從左邊一個邊門進去。先是三間楠木廳，一個大院落，堆滿了由太湖石做成的假山；沿著那假山走到左邊一條小巷，就可進入一個花園；花園裡頭竹樹交加，亭台軒敞，還有一個很寬的金魚池，池邊則都是朱紅色的欄杆，夾著一帶走廊；走廊盡頭，是一個小小月洞，四扇金漆門；從這金漆門走進去，便是單獨一個院落，有三間屋，其中一間做新房，鋪設得齊齊整整。

沈瓊枝一路走，一路看，心裡暗暗盤算著：「這裡的環境倒眞的挺不錯，想那俗人一定也不會欣賞，我不如就在這裡住上幾天，消遣消遣。」

一會兒，小丫鬟回去向宋爲富報告：「新娘長得很漂亮，只是看起來不大好惹的樣子。」

第二天，宋爲富叫管家來到沈大年住的客棧，吩咐帳房兌出五百兩銀子：「把這些銀子送給沈老爺，叫他先回去，說沈姑娘就待在這裡了。」

宋爲富以爲，五百兩銀子不是一個小數目，這樣的安排，沈大年應該沒什麼好說的了，沒想到沈大年卻大叫一

聲：「不好了！這人分明是要拿我女兒做妾，錯不了了，這還得了！」

沈大年立刻跑到江都縣衙門去告了一狀。知縣看了沈大年的狀紙，心想沈大年既然是常州貢生，也是一個讀書人，怎麼可能會願意把女兒給人家做妾？可見一定是那鹽商太驕橫了！

遂收下了沈大年的狀紙。

宋家得知沈大年竟跑去告狀，慌忙找人到衙門去講情，打通關節，於是，知縣的態度有了一百八十度的大轉變，居然批示說，既然沈大年是將女兒瓊枝許配給宋爲富做正室，爲什麼又自行將女兒私送上門？顯然是早就知道女兒是要來做妾。

沈大年自然不服，又寫了一份狀紙抗辯。知縣大怒，說他是一個刁民、一個可惡的訟棍，竟然大筆一批，就派了兩個差人，押解他回到常州去了！

沈瓊枝在宋家待了幾天，等不到父親的消息，心知大事不妙，宋爲富一定是想了辦法先安排了父親，再來對付她；再加上住了幾天，她也覺得住夠了，便當機立斷，決定要盡快離開宋家。

她把房裡所有值錢的細軟，統統裝在一個包袱裡，再穿上七條裙子，讓自己看起來身材臃腫，打扮成老媽子的模樣，然後買通了丫鬟，在某一天一大清早，五更時分，從後門悄悄溜出宋府，並且迅速的出了鈔關門上船。

上船之後，沈瓊枝並不想回家，因爲她不想被故鄉人家指指點點；那麼，如果不回常州，該到哪裡去呢？

她想了一會兒，忽然想到南京是一個好地方，有不少文人雅士都在那兒，她自己既會做女紅，又會做兩句詩，何不到南京去賣賣詩、賣賣針線活過日子？

於是，沈瓊枝在儀徵換了江船，就眞的勇敢的往南京去了。

王玉輝的故事

徽州有一個六十多歲的老秀才，名叫王玉輝，他做了三十年的秀才，生活清貧，卻始終抱定一個志向，希望能夠編纂三部書來嘉惠所有學子。

這三部書，一部是禮書，一部是字書，一部是鄉約書。禮書是將「三禮」——《周禮》、《儀禮》和《禮記》分類論述，如事親之禮、敬長之禮等等，不但是有系統的整理經文大書，下面還用心的採諸經子史的話來印證，好教子弟們自幼學習；字書是七年識字法；鄉約書則是整理許多善良風俗的儀制，希望對許多愚昧的老百姓有所警醒。

爲了完成這三部書，王玉輝終日勤奮不輟，忙得也沒工夫開館，收幾個學生來教，所以才一直過著相當清苦的生活。

一天午後，王玉輝正在書房整理書稿，出嫁才一年多的三女兒的婆家派人來對王玉輝說：「王老爹，我家相公病得很厲害，相公娘叫我來請老爹過來看看，請老爹即刻動身吧！」

王玉輝馬上站起來，說：「好的，我現在就去。」

他把書稿大致整理一番，和老妻知會一聲之後，便獨自出門。走了二十里，來到女婿家，見女婿果然病重，醫生就在旁邊，但不管如何用藥，已不見效。

王玉輝便在女婿家住了下來。因爲眼看女婿恐怕就要不行了，總要陪伴一下。幾天之後，女婿病逝，王玉輝陪著女兒慟哭了一場。

入殮那天，諸事處理完畢之後，三姑娘出來拜公婆，和父親說：「父親在上，大姊死了丈夫，守節在家累著父親養活，如今我又死了丈夫，難道今後也要靠父親養活不成？父親是一個寒士，實在也養活不了這麼多女兒。」

王玉輝嘆了一口氣，「這也是沒有辦法的事啊。」

三姑娘說：「不，我有一個辦法——我現在辭別公婆和父親，打算尋一條死路，跟著我丈夫一起去了！」

公婆一聽三姑娘這麼說，都驚得淚如泉湧，激動的說：「我兒，妳是傷心過度，糊塗了嗎？怎麼會說出這樣的話！自古螻蟻尚且貪生，妳怎能如此輕賤生命！況且，妳嫁到我們家雖然才一年多，但生是我家人，死是我家鬼，我們做公婆的怎麼會不養活妳，反而還要妳父親養活妳？快別說傻話了！」

說著，公婆還轉身對王玉輝說：「親家公，你也快幫忙來勸勸呀！」

奇怪的是，王玉輝的反應卻很平靜；他神情嚴肅，不發一語，彷彿正在思索什麼。

三姑娘繼續哭泣著對公婆說：「不，爹娘也老了，我做媳婦的不能孝順爹娘，反而還要連累爹娘，我於心不安，請爹娘還是由著我到黃泉路上去找我丈夫罷！只是——」

三姑娘眼淚汪汪的望著父親，「我想在死前再見母親一面，能否請父親回家，把我的心意轉告母親，再請母親盡快到這裡來，好讓我當面告別？」

王玉輝這時終於開口說話了，但他說的話卻令親家公和親家母大吃一驚！

「親家，我剛才仔細想了一想，我這小女要殉節的心意非常堅定，有道是『心去意難留』，我看你們倒也由著她去罷。」

他隨即又轉頭對女兒說：「我兒，妳如果眞的這麼做，勢必將在青史上留名，這是一件難得的事，我怎麼會來阻攔妳？我現在就回家，叫妳母親來和妳告別。」

親家仍再三不肯，但王玉輝執意返家，把這些事統統向老妻說了。

老妻驚愕萬分的瞪著王玉輝大罵道：「你這人怎麼愈老愈迂，愈老愈呆了！女兒要尋死，你當然該勸她，怎麼還依著她？天底下哪有這樣的事！」

王玉輝板著臉說：「這樣的事，妳們一般婦道人家當然是不會懂的。」

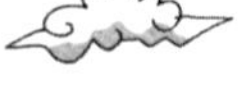

老妻聽了，痛哭流涕，連忙叫了轎子趕到親家那兒去勸女兒。

王玉輝獨自在家，依然一切如常的看書、寫稿，平靜的等候著女兒的消息。

而親家那兒，三姑娘的母親和公婆則是拚命的勸她，但不管怎麼勸，三姑娘不言不語，就是不肯吃東西。這樣餓了六天，三姑娘已不能起床。

老母親看到女兒這樣的慘狀，痛徹心肺，突然也就病

倒了，只得由著親家派人抬回了家，一到家，看到王玉輝還坐在那兒沒事似的整理書稿，不禁嚎啕大哭，痛罵王玉輝沒心沒肺。

又過了兩天，這天夜裡二更時分，親家那兒派人趕來報告：「三姑娘餓了八日，在今天午時去世了。」

三姑娘的母親聽了，立刻哭死了過去；被灌醒回來之後，仍然大哭不止。

王玉輝走到老妻的床前，一本正經的說：「妳這個老人家才眞正是個呆子！咱們的女兒如今是成仙去了，妳哭什麼！何況她走得如此驚天動地，只怕我將來還不能找到一個好題目死哩！」

說到這裡，王玉輝竟仰天大笑道：「哈哈，死得好！死得好！」

他就這樣大笑著走出房門去了。

翌日，三姑娘殉夫的事漸漸傳開，許多人感到非常的難過和惋惜，紛紛自動自發的前往三姑娘的靈前去拜奠，還有人熱心的準備文書，說要申請旌表烈婦。

兩個月之後，上司批准下來，制主入祠，門首建坊。到了入祠那天，鄉裡有頭有臉的士紳邀請知縣，擺齊了執事，送烈女入祠。緊接著，知縣祭，本學祭，合縣鄉紳祭，通學朋友祭，兩家親戚祭，兩家本族祭，足足祭了一天，又在學宮大堂擺席，十分隆重。本來大家要請王玉輝來上坐，紛紛誇獎他生了這麼一個好女兒，爲倫理綱常生色不少。

可是王玉輝似乎直到這個時候，才猛然意識到女兒眞的已經不在了，傷心得不得了，遂辭了不肯來，躲在家裡、躲在破舊的書房裡，悲泣不已……

四位奇人的故事

萬曆二十三年，南京的那些名士都已經漸漸消磨殆盡了。比如說像虞博士那一輩人，也有老了的，也有死了的，也有四散去了的，也有閉門不問世事的。不過令人意外的是，在市井之中竟然又出了幾個奇人。

一個是會寫字的，名叫季遐年。他從小就是一個孤兒，經常在一些寺院裡安身，只要看見和尚傳板上堂吃齋，他便也捧著一個缽，站在那裡，跟著一起吃飯，和尚們也不排斥他。

他的字寫得很好，但從來不肯臨摹古人的筆法，只喜歡寫自己創造出來的格調，由著自己的筆性去寫。關於寫字，他還有很多規矩，譬如，他從來不用新筆，都是用那些人家已經用壞的、不要的筆；他要親自磨墨，甚至磨上

一天也不嫌累，絕對不要人家代勞；他用的墨很多，就算只是寫一幅十四個字的對聯，也往往要用掉半碗墨，一定要到寫出滿意的字爲止；寫字的時候，總要三、四個人替他拂著紙，他才肯寫，如果讓他覺得拂得不好，他就要大發脾氣。

儘管字寫得很好，可是季遐年寫字卻似乎只是一種興趣，不是爲了賺錢。事實上，他把銀子看得很淡。他總是不修邊幅，一天到晚穿著一件破破爛爛的直裰，趿著一雙再破不過的草鞋，只要寫了字，得了人家的筆資，他花了點銀子吃了一頓飯之後，剩下的銀子就不要了，隨隨便便就送給很可能根本不認識的窮人。

不過，他對寫字的態度可是非常慎重的，只要碰到打算寫字的時候，他從三天前就得開始齋戒一日；此外，也不是任何人能請季遐年寫字，他統統來者不拒，他可是有脾氣的，寫不寫字、答不答應，全憑他高興，如果碰到他

不高興的時候，就算是王侯將相來請他寫字，或者是把大把的銀子堆到他的面前來請他寫字，他也是理都不理，連正眼也不會瞧一下。

有一次，一個施家小廝來到季遐年借住的寺廟，季遐年剛好坐在大門口曬太陽，那小廝一看到季遐年就大剌剌的問道：「喂，有一個寫字的姓季的是不是住在這裡啊？」

季遐年聽了，心裡很氣，但表面上也不明說，只反問一句：「你找他做什麼？」

小廝說：「我家老爺叫他明天去寫字。」

季遐年說：「好，他今天不在家，我叫他明天去就是了。」

第二天，季遐年來到位於下浮橋的施家，正徑自要進去，門房立刻攔住他，凶巴巴的質問道：「噯，你是什麼人？居然敢隨便就往裡面跑！」

季遐年瞪著門房，比他更凶的吼道：「我是來寫字的！」

這時，昨天來寺廟找他的小廝剛好走出來，看見這一幕，認出季遐年，非常訝異的說：「哎呀，原來就是你？你也會寫字？」

說著，便領季遐年來到敞廳，然後趕緊進去通報。

季遐年的腰桿兒挺得直直的，神氣的立在那兒。不一會兒，一個男子（原來是施御史的孫子）剛從屛風後面走出來，還沒來得及向季遐年說上幾句客氣話，季遐年就指著他的臉，毫不留情的大罵道：「你是什麼人？居然敢叫我來寫字！我又不貪你的錢，又不慕你的勢，也不藉你的光，你憑什麼叫我寫字？」

施老爺萬萬沒想到會挨這一頓臭罵，先是爲之一愣，繼而啞口無言，最後只得低著頭進去了。

那季遐年還覺得氣仍沒出夠，自顧自的又大叫大嚷了好一會兒，才回到寺廟裡去。

第二個奇人，名叫王太，以賣火紙筒子為生。（「火紙筒子」又稱為「捻子」或「媒子」，是一種用表芯紙搓成的點水煙用的細卷。）

王太家的祖輩一直是在南京三牌樓附近賣菜的，到他父親這一代忽然窮了，陸陸續續把菜園都賣掉了。王太從小就喜歡下圍棋，而且除了下圍棋，對其他的事都一點興趣也沒有。父親死了以後，他的生計成了問題，只好每天都到虎踞關一帶去賣火紙筒子。

有一天，如意庵做廟會。如意庵和烏龍潭相臨，風景相當不錯；此時又是初夏，氣候宜人，遊人如織。王太也隨著人潮，在庵裡信步走走。

轉了一會兒，他來到柳蔭樹下，看到好幾個人正簇擁著兩個人坐在一個石桌那兒下棋，並且還在七嘴八舌的為那兩人吹捧，說那兩個人的棋力有多高。王太也好奇的想湊上去看看，可是有一個小廝看他衣衫襤褸，很瞧不起

他，便粗魯的推開他，不許他上前。

小廝的主人——也就是兩個正在下棋的人之一，抬頭看了一眼王太，冷冷的說了一句：「像你這樣的人，也曉得看棋？你看得懂嗎？」

王太接腔道：「我是曉得一些。」

儘管不受歡迎，王太還是勉強擠在那兒看著。看了一會兒，突然吃吃笑了起來。

先前質疑王太懂不懂下棋的那個主人很不高興，拉下臉瞪著王太，「你笑什麼？難道你下得過我們？」

旁邊有人鼓譟道：「這小子既然如此大膽，乾脆就出出他的醜，讓他以後都曉得，老爺們下棋，是容不得他插嘴的。」

「好哇！下就下。」王太也不推辭，大大方方的就落了座，擺起子來。

「嘿，還挺有模有樣的哩。」別人都不停的取笑他。

下了一會兒，之前還瞧不起他的那個人，開始感覺到王太居然還眞的出手不凡，訝異之餘，心裡也愈來愈急。但是下了半盤之後，那人還是不得不站起身來說：「我這棋輸了半子了。」

眾人大驚，這才知道王太原來是深藏不露，便紛紛拉著王太一起去喝酒。王太卻哈哈大笑道：「這傢伙的棋下得這麼臭，我殺過臭棋，心裡就快活極了，哪裡還想喝什麼酒？天底下還有比殺一盤臭棋還要快活的事嗎？」說著，就頭也不回、一路大笑的走了。

第三個奇人，名叫蓋寬，是一個開茶館的老先生。

蓋寬本來並不開茶館，在他二十多歲的時候，家裡開當鋪，還挺有錢的，而且又有田地，又有洲場（就是長江中新漲起的沙洲，剛開始不能種農作物，只能種一些蘆葦，作爲燃柴），日子過得相當不錯。

那個時候，他的很多親戚本家也都相當富裕，可是蓋寬總嫌這些人俗氣，不喜歡和他們來往，每天都只是待在書房裡作詩看書，還喜歡畫幾筆畫。後來，因爲他畫的畫還不錯，漸漸的就有很多也喜歡作詩作畫的人和他往來；雖然這些人詩也沒有他作得好，畫也沒有他畫得好，蓋寬卻對他們都非常敬重，一副愛才如命的模樣，每逢這些人來找他，他都是盛情接待，如果是向他借錢，他也毫不吝嗇，總是立刻就拿出幾百幾十兩銀子給這些文友。

負責管理當鋪的人，看到蓋寬這種作風，都覺得主人有些呆氣，完全是不把銀子當銀子，因此也就盡可能的動些手腳，漸漸的，蓋寬家的當鋪不像以前那麼賺錢了，甚至連本錢都賠了不少。

接下來，又時運不濟，接連碰上一連串像年頭不好、賤賣土地、家中失火等倒楣事，日子愈過愈艱難。在他妻子不幸過世的時候，蓋寬眞可說是窮途末日到了極點，不得不把最後一棟小房子也賣了，帶著一兒一女，在一條僻靜的巷弄內，找了一個有兩間房的房子，開起了茶館。

蓋寬把裡面那個房間給兒女住，外面臨著小巷的那間則擺了幾張茶桌，後簷支了一個茶爐子，右邊安了一副櫃台，後面放了兩口水缸，貯滿了雨水。每天早上，蓋寬起來以後，就生了火，搧著了，把水倒在爐子裡放著，然後就坐在櫃台裡看詩或畫畫。他在櫃台上放著一個瓶子，裡頭總是插著些新鮮欲滴的花朵，瓶子旁邊則放著許多古書；自從家道中落，蓋寬在不得已的情況之下，把家裡所有能賣錢的東西幾乎都賣了，只有這幾本心愛的古書，是無論如何也不肯賣。

蓋寬認爲，開茶館有一個好處，就是——沒客人的時候，他就靜靜的坐在那兒看書，客人來了，他就暫時擱下書，替客人拿拿茶壺和茶杯。只是開茶館獲利極爲有限，一壺茶往往只能賺一個錢，而且每天頂多只能賣五、六十壺茶，也就是說頂多只能賺五、六十個錢，扣掉柴米的花

費，還能做什麼事？

有一天，蓋寬正坐在櫃台裡看書，一個鄰居老爹過來想找他聊天，一看他都已經十月了卻還穿著夏天的衣裳，不禁頗爲感慨的說：「唉，你老人家現在的日子眞是過得不容易，想當初那些受過你恩惠的人，怎麼現在都不來你這裡走走？」

蓋寬淡淡一笑，「人家也忙嘛。」

老爹好心的想幫他出出主意，「你老人家那些親戚本家，經濟都還不錯，你何不去跟他們商量商量，借個大大的本錢，做些大生意過日子？」

蓋寬說：「老爹，『世情看冷暖，人面逐高低』，當初我有錢的時候，不僅自己穿得體面，跟的小廝也齊整，和這些親戚本家在一起時，還搭配得上，而今我現在這個樣子，如果去他們家，就算人家不嫌我，我自己都覺得看不過去。至於老爹剛才說那些受過我恩惠的，都是窮人，哪

有能力來幫我？而且，他們現在早就又到有錢的地方去了，哪裡還會到我這裡來！」

爲了不惹蓋寬難過，老爹趕快改變話題道：「今天天氣不錯，咱們乾脆到南門外去玩玩吧！我請客；反正你這個茶館冷冷清清的，今天大概也不會有什麼人來了。」

蓋寬把兒子叫出來看店，便跟老爹一路步出南門。先吃了一頓素飯，再一路踱進報恩寺，把大殿南廊、三藏禪林等等，都看了一回，然後又到門口買了一包糖，再到寶塔背後一個茶館裡去喝茶。

老爹說：「眞是年頭不同啦，如今報恩寺的遊人少多了。」

蓋寬也說：「是啊，現在確實不比當年了，有時我不免會想，自己眞是生不逢時，如果是生在虞博士那一班名士的時代，像我這樣會畫上兩筆畫的，哪裡還會發愁沒飯吃！」

老爹說：「說到虞博士，我倒想起一件事。這雨花台附近有一座泰伯祠，是當年句容一位遲先生倡議蓋造的，那年還請了虞老爺來上祭，好不熱鬧！當時我才二十多歲，也擠了來看，把帽子都給擠掉了……聽說現在那座祠沒人照顧，房子都倒掉了，真遺憾！」

蓋寬說：「是啊，你老人家七十多歲，也真見過不少世事了。」

兩人吃過茶，還特別到泰伯祠去看看，只見一片破敗的景象，連大殿的屋山頭都倒了半邊，兩人都不勝唏噓，異口同聲的感慨道：「那些有錢的人，多少人願意拿出上千的銀子去起蓋僧房道院，卻沒有一個肯來修理聖賢的祠宇！」

還有一個奇人，名叫荊元，是一位五十多歲做裁縫的師傅。

荊元每天做完手頭的工作後，剩下的時間就彈琴寫

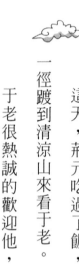

字，或者作詩，不喜歡到處瞎晃。

一些朋友，特別是一些同行，都覺得他有點兒古怪，還曾經問他：「既然你要做雅人，爲什麼還要做裁縫？」

荊元說：「我也不是特意要做什麼雅人，只不過性情相近，所以時常學學。裁縫這一行，是先祖傳下來的手藝，難道讀書識字，做了裁縫就玷汙了不成？其實，做裁縫這一行，每天掙得六、七分銀子，吃飽了飯，要彈琴、要寫字，自由自在，完全不必看別人的臉色，不是很快活嗎？」

同行們聽他這麼說，就都不大喜歡和他來往。

荊元有一個老朋友，姓于，住在清涼山的背後。清涼山是南京城西一個極幽靜的地方。

這天，荊元吃過了飯，心想正好沒事，心血來潮，就一徑踱到清涼山來看于老。

于老很熱誠的歡迎他，連連說：「你來得正好，我剛

好煮了一壺現成茶，請用杯。」

說著便斟了一杯茶送過來。荊元接了，吃了幾口，讚美道：「嗯，這茶，色、香、味都好，老爹是從哪裡取來這樣好的水？」

于老笑著說：「我們城西不比你城南，到處都是井泉，都是可以吃的。」

荊元也笑了，「古人動不動就說要到桃花源——避世，其實，如果能像老爹這樣清閒自在，又住在這樣城市山林的地方，就是現成的活神仙了，哪裡還非要什麼桃花源！」

于老說：「只可惜我老拙一樣事也不會，如果能像老哥一樣，會彈一曲琴，那就有意思了……對了，好久沒有聽到老哥彈琴了，想必一定是彈得更好了，什麼時候可以向老哥請教一回呀？」

荊元說：「這有什麼難？明天我把琴帶來就是了。」

第二天，荊元果然抱著琴，再度來找于老。而于老也

果眞早就事先焚了一爐好香，靜靜的坐在那兒等候。荊元來了之後，兩人閒話幾句，于老替荊元把琴安放在石凳上。荊元席地而坐，于老也坐在他的旁邊。

荊元慢慢的和了弦，然後就彈了起來；先是鏗鏗鏘鏘，聲振林木，彈了一會兒，又忽然轉爲高亢、淒清的旋律，令人動容，于老專注的聆聽，聽著聽著，不禁淒然而淚下……

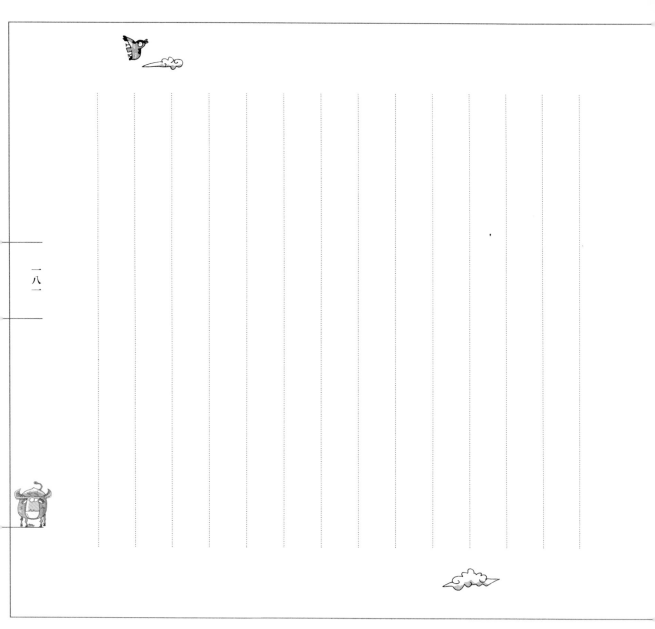

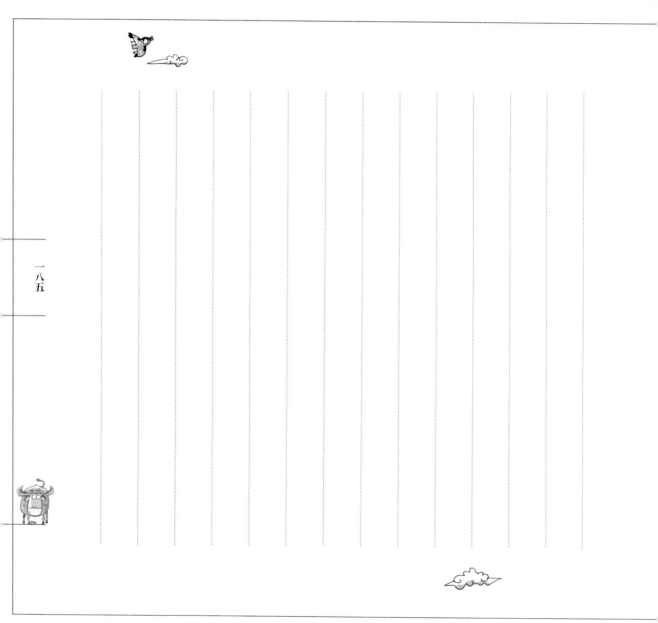

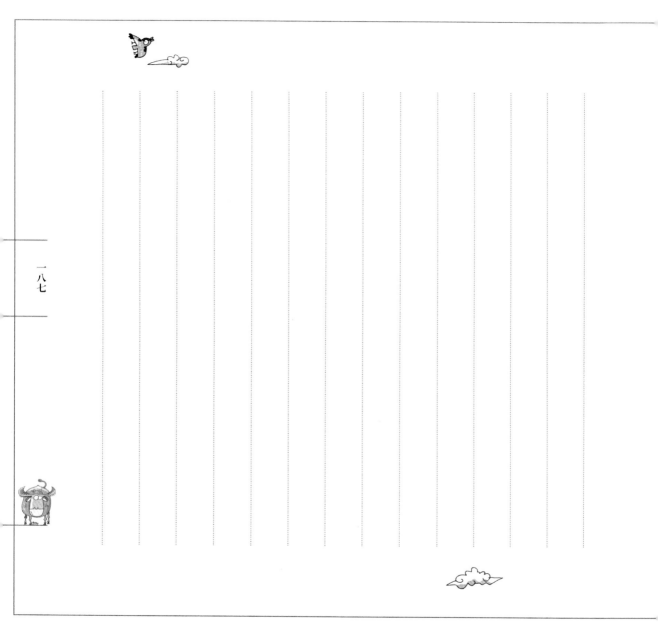

國家圖書館出版品預行編目資料

儒林外史：最精采的諷刺小說／吳敬梓原著；
管家琪改寫；林傳宗繪圖 .— 初版 .—— 台
北市：幼獅，2007【民 96】
面；　公分 .——（典藏文學：18）

ISBN 978-957-574-621-6（平裝）

859.6　　95022132

儒林外史
——最精采的諷刺小說
・典藏文學・

定價＝200 元
港幣＝67 元
初版＝2007.01
五刷＝2013.08

書號 987161
行政院新聞局核准登記證
局版台業字第〇一四三號

幼獅樂讀網
http：//www.youth.com.tw
e-mail：customer@youth.com.tw

印刷＝崇寶彩藝印刷股份有限公司

改　寫＝管家琪
原　著＝吳敬梓
繪　圖＝林傳宗
出 版 者＝幼獅文化事業股份有限公司
發 行 人＝李鍾桂
總 經 理＝王華金
總 編 輯＝劉淑華
主　編＝林泊瑜
美術編輯＝裴蕙琴
公　司＝10045 台北市重慶南路 1 段 66-1 號 3 樓
電　話＝(02)2311-2832
傳　真＝(02)2311-5368
郵政劃撥＝00033368

門市
●松江展示中心：10422 台北市松江路 219 號
電話：(02)2502-5858 轉 734　傳真：(02)2503-6601
●苗栗育達店：36143 苗栗縣造橋鄉談文村學府路 168 號（育達商業科技大學內）
電話：(037)652-191　傳真：(037)652-251

幼獅文化公司／讀者服務卡／

感謝您購買幼獅公司出版的好書！
爲提升服務品質與出版更優質的圖書，敬請撥冗填寫後（免貼郵票）擲寄本公司，或傳眞（傳眞電話02-23115368），我們將參考您的意見、分享您的觀點，出版更多的好書。並不定期提供您相關書訊、活動、特惠專案等。謝謝！

基本資料

姓名：＿＿＿＿＿＿＿＿先生／小姐

婚姻狀況：□已婚 □未婚　職業：□學生 □公教 □上班族 □家管 □其他

出生：民國＿＿年＿＿月＿＿日　電話：（公）＿＿＿＿（宅）＿＿＿＿（手機）＿＿＿＿

e-mail：＿＿＿＿＿＿＿＿　聯絡地址：＿＿＿＿＿＿＿＿

1.您所購買的書名：＿＿＿＿＿＿＿＿

2.您通常以何種方式購書？：□1.書店買書 □2.網路購書 □3.傳真訂購 □4.郵局劃撥
□5.幼獅門市 □6.團體訂購 □7.其他

3.您是否曾買過幼獅其他出版品：□是，□1.圖書 □2.幼獅文藝 □3.幼獅少年
□否

4.您從何處得知本書訊息：□1.師長介紹 □2.朋友介紹 □3.幼獅少年雜誌
□4.幼獅文藝雜誌 □5.報章雜誌書評介紹＿＿＿＿報
□6.DM傳單、海報 □7.書店 □8.廣播（　　　）
□9.電子報、edm □10.其他＿＿＿＿

5.您喜歡本書的原因：□1.作者 □2.書名 □3.內容 □4.封面設計 □5.其他

6.您不喜歡本書的原因：□1.作者 □2.書名 □3.內容 □4.封面設計 □5.其他

7.您希望得知的出版訊息：□1.青少年讀物 □2.兒童讀物 □3.親子叢書
□4.教師充電系列 □5.其他

8.您覺得本書的價格：□1.偏高 □2.合理 □3.偏低

9.讀完本書後您覺得：□1.很有收穫 □2.有收穫 □3.收穫不多 □4.沒收穫

10.敬請推薦親友，共同加入我們的閱讀計畫，我們將適時寄送相關書訊，以豐富書香與心靈的空間：
(1)姓名＿＿＿＿地址＿＿＿＿電話＿＿＿＿
(2)姓名＿＿＿＿地址＿＿＿＿電話＿＿＿＿
(3)姓名＿＿＿＿地址＿＿＿＿電話＿＿＿＿

11.您對本書或本公司的建議：

廣	告	回	信
台北郵局登記證			
台北廣字第942號			

請直接投郵　免貼郵票

10045 台北市重慶南路一段66-1號3樓

幼獅文化事業股份有限公司收

請沿虛線對折寄回

客服專線：02-23112832分機208　傳真：02-23115368

e-mail：customer@youth.com.tw

幼獅樂讀網http：//www.youth.com.tw